活寶

烏龍院 精彩大長篇

18

漫畫
敖幼祥

人物介紹

烏龍院師徒

長眉大師父

面惡心善的大師父，不但武功蓋世內力深厚，而且長眉毛的直覺奇準。

大師兄阿亮

體力武功過人的大師兄，最喜歡美女，平常愚魯但緊急時刻特別靈光。現為活寶原力宿主。

烏龍小師弟

鬼靈精怪的小師弟，很受女孩子喜歡。因曾受活寶附身，對活寶有特殊的感應。

大頭二師父

菩薩臉孔的大頭胖師父，笑口常開，足智多謀。

活寶「右」、「左」

活寶「右」為長生不老之陰陽同株的「陰」，活寶「左」為陰陽同株中的「陽」。「右」和「左」歷經劫難，以為就要共同重返斷雲山，卻又再度被藥王府的老沙克擒獲，現分別附身在貓奴和沙克．陽身上，原力則附著於大師兄身上。

沙克．陽

煉丹師沙克家族的唯一繼承人，因為其強大的野心，甘心讓活寶「左」附身，目前意志為活寶「左」所控制，並打算和附身於貓奴身上的活寶「右」一同返回斷雲山。

沙克．季

煉丹師沙克家族總管，藥王府的藥物專家，精通各種藥物以及解毒方式，因治療了曾進入秦王陵墓而身中劇毒的竄者，而獲得秦王陵墓路線圖，並被竄者小五稱為恩公。

貓奴

曾為青林溫泉龐貴人的傳令，身手靈活武功高強，一心想為被活寶「左」殺害的龐貴人報仇，所以找上了正被「左」附身的沙克．陽，卻不小心愛上他，之後又因緣際會被活寶「右」所附身。

馬臉

自稱為武林萬事通，先後服侍多主，曾和沙克．季一同密謀進入秦王墓，取得麒麟膽復原殘缺的活寶原力，但因為活寶原力轉移至大師兄身上，而拋棄了沙克．季。

六少主

煉丹師六支派的第二代少主，因為其掌門被老沙克召去參加煉丹後，皆一去不返，便集合起來到藥王府找人。現和馬臉合作，加入活寶爭奪戰。

辣婆婆

烤骨沙漠中「一點綠」客棧的老闆娘，手中持有唯一能奪取活寶性命的武器「天斧」的頭部部分，因而與「活寶爭奪戰」扯上關係。

貓姥姥

「貓空」的祭師，對活寶的身世瞭若指掌，領導一群包括貓奴在內的徒弟，在貓奴小時候將她送去服侍龐貴人，對貓奴寵愛有加。

小西瓜

「一點綠」客棧的服務員，平常追隨辣婆婆，但心地善良的她，有時也會與辣婆婆持相反意見。

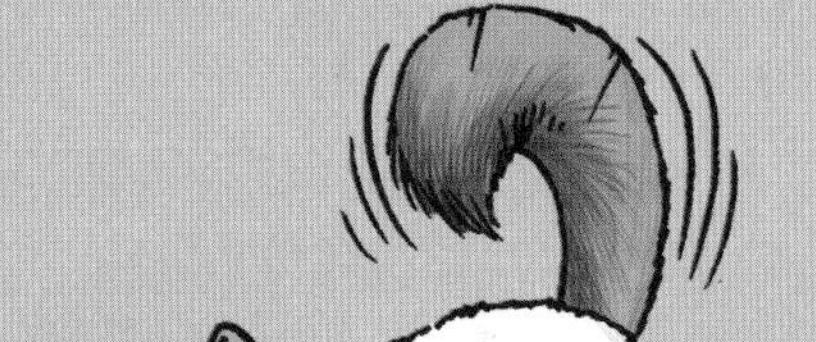

八斤

貓奴身邊的貓，深具靈性，常以失控的行為表達意見，尾巴處曾被活寶天敵菌月蟲當做藏身之處。

菌月

活寶天敵。由老沙克派出用以對付活寶的武器，先是附身於「八斤」身上，被小師弟抓出來後又逃脫。最怕山葵液。

包整

刑部尚書大人，因調查林公公失蹤於斷雲山事件進而捲入活寶爭奪戰中。現正貼身保護「旭公主」。常因「旭公主」對沙克．季的體貼而吃醋。

小七

由竄者小五所飼養，負責在秦王墓中帶路的老鼠。

竄者小五

曾進入秦王陵墓的盜墓者，為三十二名盜墓者中唯一倖存者，原本身中劇毒全身腐朽，經由沙克．季治療後痊癒，但代價是交出進入秦陵的地圖。現因為妹妹被綁而答應帶領馬臉和大師兄進入秦王墓。

小五的妹妹

因為找沙克．季為中毒的哥哥解毒而捲入活寶爭奪戰中。現被馬臉和六少主所綁架，變成要脅小五的肉票。

旭公主與四鐵衛

旭公主為當今皇上的妹妹，因感知活寶力量強大，若事端持續擴大，可能會波及朝廷，於是挺身而出，打算親手將之毀滅，身旁隨行有四鐵衛進行貼身保護。對沙克．季一見鍾情。

沙克·壹

秦王御用的沙克家族第一代煉丹師，負責將活寶煉為長生不老丹藥，卻因龐貴人破壞了封印、放走活寶，而被處死。現因活寶原力而再度復活。

竄者屍骨軍團

當初葬身秦王墓中的竄者們的屍骨，經沙克·壹操控而成為強大不死軍團。

目錄

第133話
神仙難免也有私心
菌月忽隱忽現嚇壞元氣不足的活寶

八斤！
八斤！
八斤你在哪裡？
這裡有你最喜歡吃的魚喔！
奇怪了？牠平常只要聞到魚味就會過來的。
對呀！牠會躲到哪裡去呢？
是八斤嗎？
喵嗚～

喵嗚～
前面都找過了，連個貓屁都沒聞到！
臭老太婆！害我以為是找到貓了。
呿～連隻貓都教不好！
咻！
哎呀！

吸！
吸！
吸！
吐！
啊！
現在是怎麼啦！！
找活寶變成在找貓！
哇！
喵～
喵～
快出來
吃魚喔！
別再叫了！
有完沒完哪！
喵～
喵～

這些人
真沒用。
連一隻貓
都找不到！
少廢話！我們不是
努力在找了嗎？
菌月就在貓的身
上，你們要給大
師兄報仇，就先
幫我們找到貓！
四處都找遍了。
或許已經離開
了青林溫泉…
不會的，只
要我在，八
斤一定不會
離開太遠！
有個地方一定沒找
過，那是龐貴人每
天靜坐的密室！

喔！好奇特的幽徑…
這裡看不出有能夠靜坐的房間呀！
超大的巨桃！

PA!
KAKAKA
CACA!!!
完全看不出來，被隱藏的密室！
龐貴人超喜歡藏東藏西，所以有許多密室！
這裡也是！
還有這裡！
太詭異了！
……
到處都是！
啊！

這個房間是龐
貴人每天必來
靜坐的地方。
就連我也
不准進來
打擾她。
書架上擺
滿了畫冊
和卷軸。
這個卷軸上重
覆寫着同樣的
「壹」字！
咦？

長眉你看！
對呀！
每一卷都寫著相同的字！
她為什麼要花這麼多時間躲在密室裡寫同一個字呢？
這個「壹」字代表著什麼意思呢？
這個更怪哪！
這些畫裡畫的全都是同一個人。
好帥！
一個女人為了一個男人畫了這麼多的肖像…
肯定是這個女人的心上人！

真令人羨慕！我活這麼老了，連一封情書都沒收到過……
啊…
以我對女人的了解，應該不是畫秦王。
龐貴人是秦始皇的愛妃，難道是畫他嗎？
你是多懂女人心？
更何況，從來沒有聽說過秦王嬴政的小名叫做「壹」。
好眼熟！
咦？看清楚了！畫中這名男子的胸前有個胎記！
哦？
對了！沙克．陽的胸口也有個相同的胎記！

真的耶！畫得一模一樣！
這…
難道龐貴人有看過你的身體！
喂！你別瞎猜行不行！
聽家父說過，只有血脈相傳的煉丹師，才會有這種胎記，難道他……
那為什麼畫裡的男子也會有相同的胎記？
嗯…

或許牆上的那
幅字可以告訴
我們答案！
牆上的字？

那塊破布塗的是什麼呀？
顏色那麼難看，我畫得都比他好！
這是在衣服上寫下的血書！
血書!!
陰間來做比翼鳥。午時斷頭反自在，
兩情相悅難上天。隔殿相思千縷愁，
無卿之我如無魂。無君之臣如無日，

沙克·壹 絕筆
龐貴人日夜書寫、畫的「壹」，應該就是他吧！
沙克·壹…
沙克·壹是咱們家族的始祖，他就是秦王御用的煉丹師！
天哪！御用煉丹師竟然愛上了秦王的密妃龐貴人！

我覺得好淒美，他愛上了一個不該愛的女人。
哎喲！苦命鴛鴦哪！
看來沙克．壹是在被砍之前寫下了這樁情事的訣別血書。
這個木盒曾經被人用手撫摸過千萬次，上面的原漆都磨平了。
一定是寵貴人的吧！
盒子裡一定裝著他愛人的東西！
我們打開看看！
嗯！睹物思情吧！

咔！
……
啊
盒子裡裝的是什麼呀？
……
超緊張！
長眉！怎樣啊？
快給我們看看吧！

大家要有心理準備…
如果我沒猜錯的話，這個頭骨應該就是沙克·壹！
嗚—哇！

沙克．壹是因為沒有保管好活寶而遭到秦王斬首處決！
就是因為龐貴人破壞了封印，是她害死了沙克．壹！
海可枯，石可爛。情到深處無怨尤。
KA!
沙克．壹一直到行刑前都沒有出賣龐貴人。
所以龐貴人她也在等。她知道活寶還在人間，等到有一天，若能得到活寶，就可以讓她的情人復活。

搞了半天，咱們都被這個女人給耍了…
唉！
什麼秦王復活，原來都是騙局！
只不過千年的悲劇仍持續著，龐貴人在快得到活寶之際，卻被「左」一掌給斃了。
即使沙克．壹復活，當他發現殺死龐貴人的活寶，竟然就存在自己的後代體內，恐怕只會悔恨為何要重生，而生不如死吧……

喵
喵
喵嗚喵嗚！
哇！菌月出現啦！
八斤。
八斤！
別讓牠過來！
會吃掉我們的！
喵
喵
喵
拜託！我這麼可愛，像是會吃人肉的貓嗎……
喵
啊！是閃綠光！
貓身上沒有菌月！你們別緊張！

太好了！八斤你沒事了！
喵
確定牠身上沒有菌月嗎？
哼！
一定是溜掉了！躲到別的地方。
哼！有嫌疑！
哼！
哼！
A……
是不是在你身上？
去你的！想吃老娘的豆腐嗎？
哎呀、呀、呀、呀！
行啦！別拉斷了！

師父、師父，
我有話跟你說！
小徒弟？
八斤?!
喵
八斤！
你別動！
喵～
貓為什麼
怕你？
菌月在你
身上嗎？
菌月？

你是懷疑他身上藏著菌月嗎？
夠了沒？別搞得草木皆兵！
什麼？
她們懷疑菌月在貓身上，但現在卻不見了。
菌月？
難道剛才那個怪力小球就是菌月？
你剛才急急忙忙跑回來要跟我說什麼？
啊！
嗯…沒事…
沒什麼事…
還是先搞清楚再說好了！

第134話
生死當前自求多福
小師弟身懷菌月遭遇左右活寶圍攻

……
Z
Z

胖師父在
作惡夢…
Z Z Z
阿亮！你死
得好冤哪！
傻徒弟！
為師的要
替你報仇！
Z Z Z

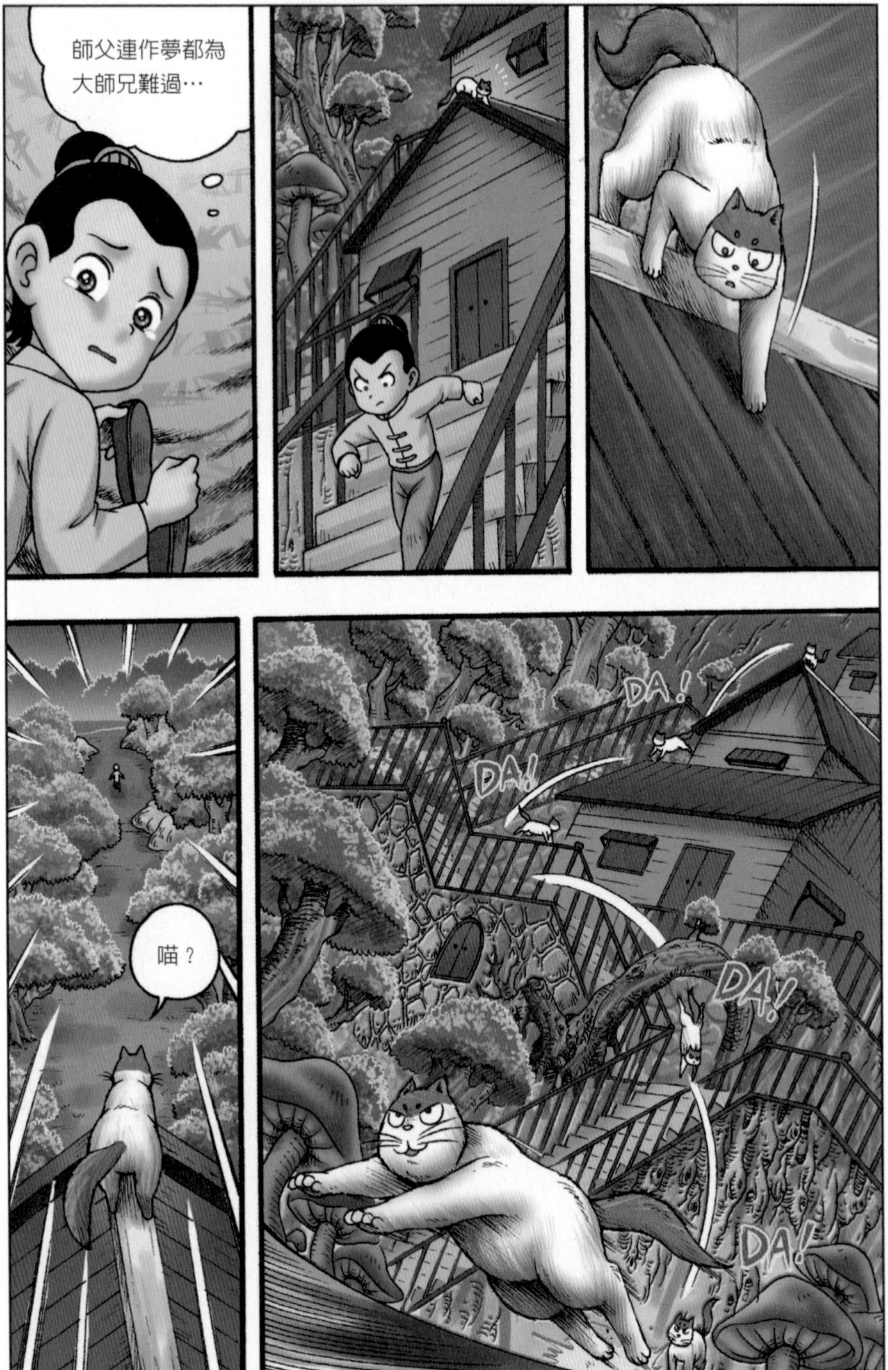
師父連作夢都為
大師兄難過…
DA！
DA！
喵？
DA！
DA！

喂！小壞蛋
出來呀！
你躲在哪裡？
我知道你
是誰了！
SA
嗚哇——
SA

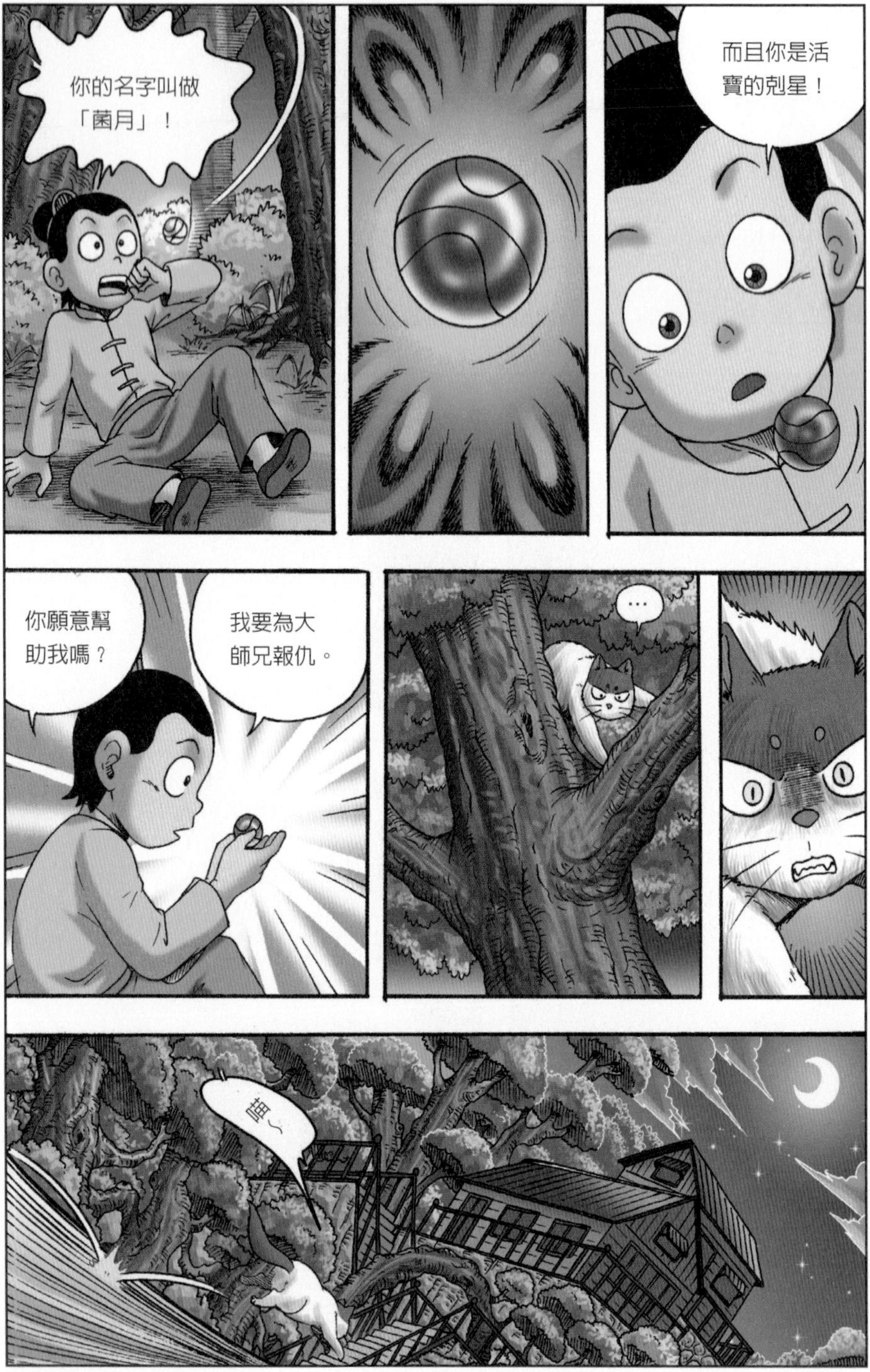
你的名字叫做
「菌月」！
而且你是活
寶的剋星！
你願意幫
助我嗎？
我要為大
師兄報仇。
…
喵～

喵！
喵！
喵喵！
JUMP!
JUMP!
八斤？
半夜叫醒我做什麼？
喵嗚～
啊！咬我！發什麼貓癲啊你？
你到底是怎麼了？
喵喵！
牠似乎是想告訴我，牠發現了奇怪的東西…

喵！
喵！
你要帶我去哪裡呀？
嗚…
頭上的觸鬚發出了紅色的警戒信號！
嗚…

呼
呼
別靠太近！菌月就在他的身上！
左！發生什麼事了？

什麼「月」呀？我身上只有這些東西。
還有半個餿掉的月餅。
你看。
交出來吧！
PUNCH
嗯！
飛起來了！怎麼回事？
喵！

菌月！
終於現身了！

SOW—
來得好！
SOW—
啊！

DUM
GU!GU!
GU!GU!
菌月身上為什麼會有綠色的東西？
牠好像很痛苦的樣子！

嘿嘿！我只是先下手為強！
哼！這種「山葵液」是菌月蟲最害怕的東西！
菌月的存在是我們活寶的心腹大患！
你們……
今天一定要殺了牠！

喵！
喵！
不准你們
傷害牠！
菌月是活寶的
天敵，你為什
麼要護著牠？

你是在斷雲山上第一個發現活寶的人。
我們相處這麼久，經歷過多少次患難。
活寶是善是惡，你應該是最清楚的。
我……
你明明知道菌月會吃掉我們……
為什麼還要保護牠？

現在活寶是善是惡，已經不重要了。
你們的力量變成了巨大的禍害！
這種力量殺害了我大師兄！
我才不會交給你們！
執迷不悟的傢伙，少跟他廢話了！
左！

CRUZAAA!
哇～
SOW!
SOW!
SOW.
SOW
SOW!

嗚哇～
DON！
我絕對不會
把菡月交出
來的！
DON！
你們休想得逞！
PUN！
SLAM
哎呀！
GO！

WAAAA~
完蛋啦！
CUM
我頂！
CUM

想凹我徒弟？
沒那麼容易！
胖師父！
還得先問
問我哪！
轟！
哇！

還以為咱們是盟友，沒想到連我徒弟都敢殺？
誰叫他不聽勸告！不把菌月交出來！
要教訓他也輪不到你！
什麼？
FUN!
把你手裡的東西交給師父，讓我來處理。

噢！
大師父是要為
大師兄報仇嗎？
他？
嘖！阿亮那
個蠢蛋死有
餘辜……
大師父你
說什麼？
你真是
的，怎麼
這樣說阿
亮呢？
別那麼囉
嗦！快點
拿過來給
我！

大師父，你太無情了！
大師兄雖然笨！
但是院子裡的粗活都是他在做，天天被你修理也沒有埋怨。
死忠地一心崇拜你！
你……
唉！
你……
你不能……
你不能說他是沒有價值的蠢蛋！
他是我最珍貴的大師兄！他……他是我親人！
DA!

DA!
菌月……
菌月！
SIA
SWOOO
山葵液被
他的淚水
沖掉啦！

Do!
什麼玩意！
快跑！地面要陷下去啦！
BOOM!
啊！
喵！
哇！
嗚呀！
嗚呀！

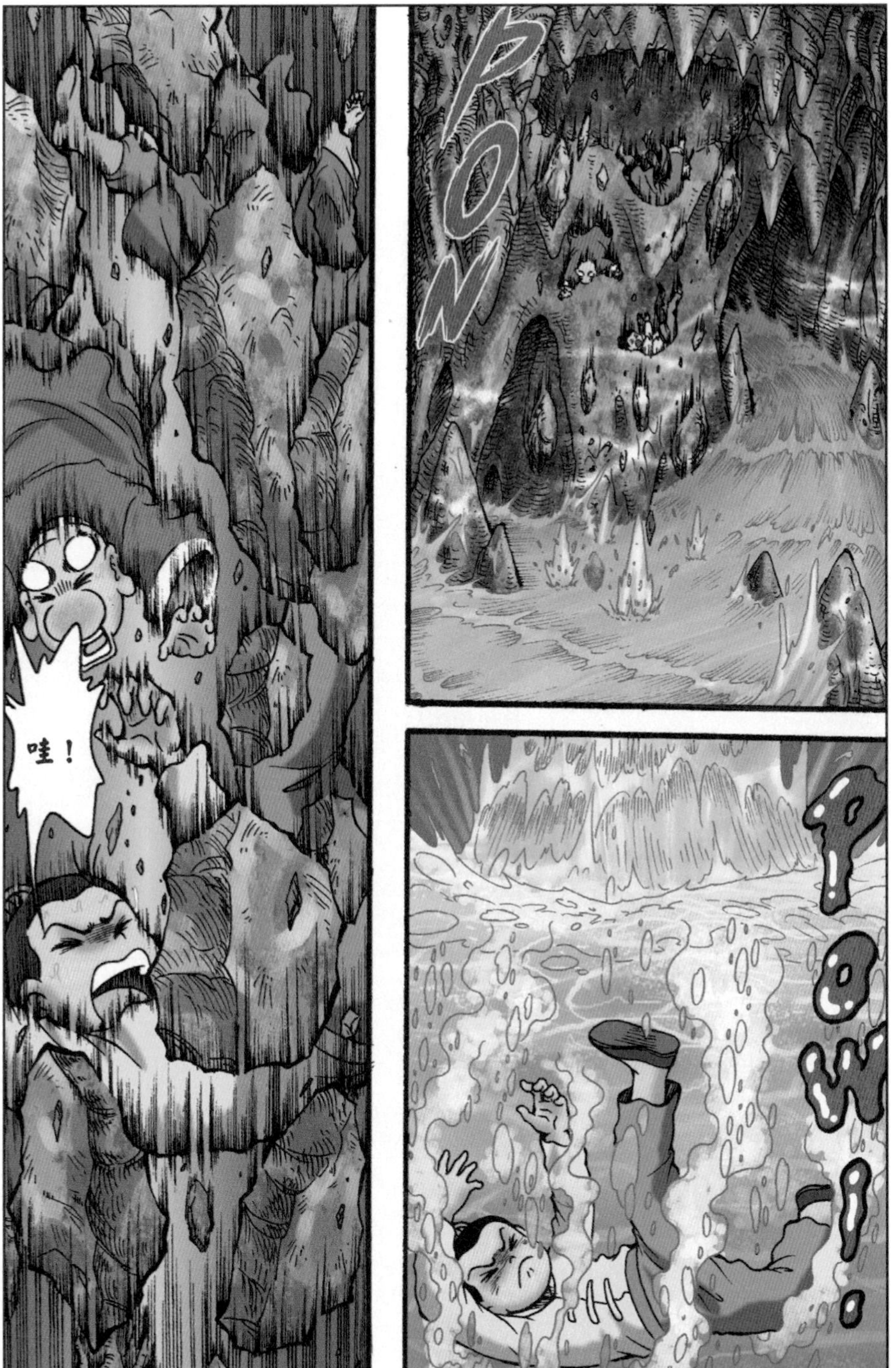
哇！
PON
POW!

師父……
KUN!
哎喲！
小徒弟！
咕嚕……
咕嚕……
大頭！
當心前面
……

嗚哇！！
KAZ
大頭！！
師父！救我啊！
糟了！前面是漩渦！

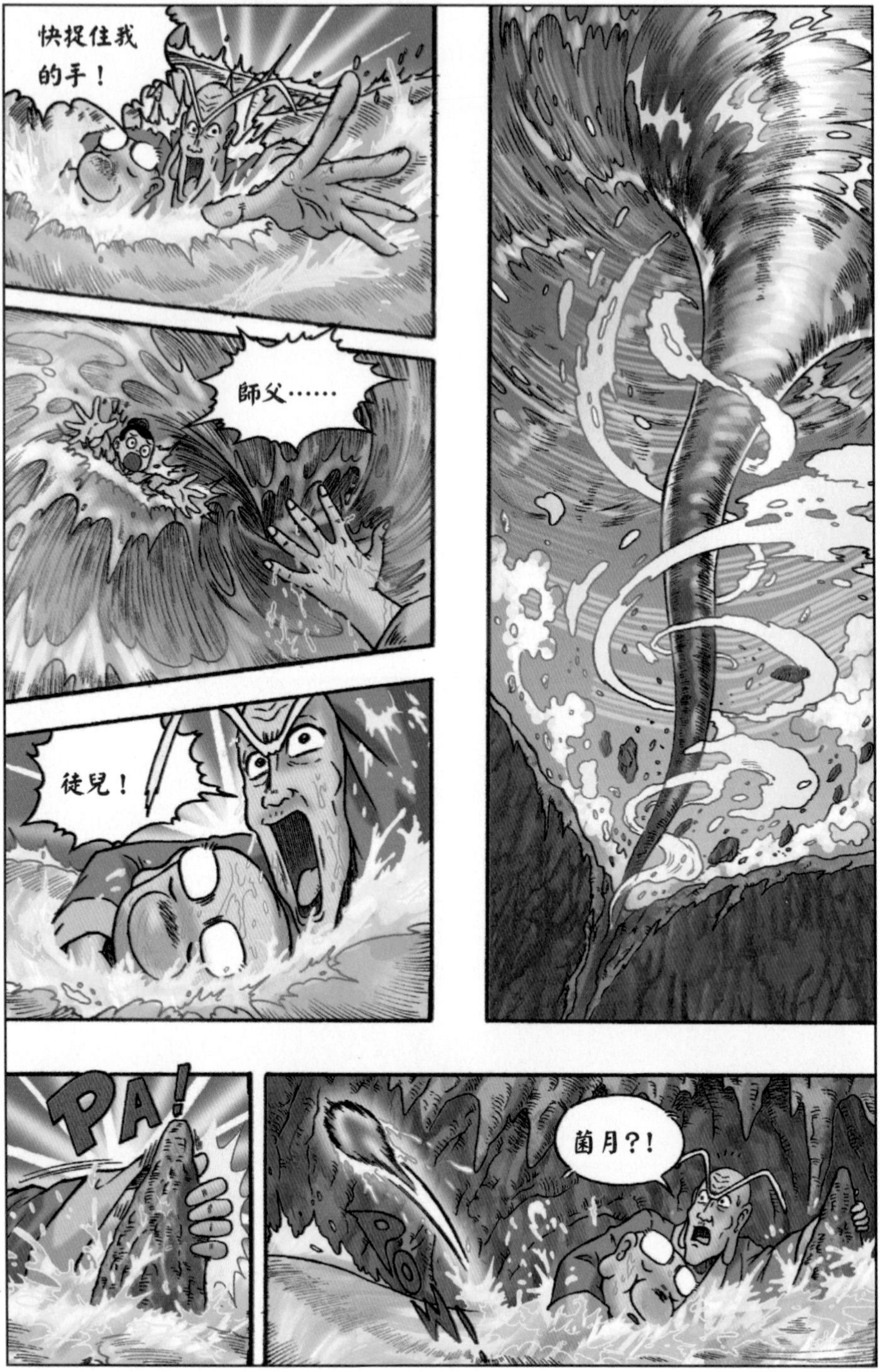
快捉住我
的手！
師父……
徒兒！
PA!
PO
菌月?!

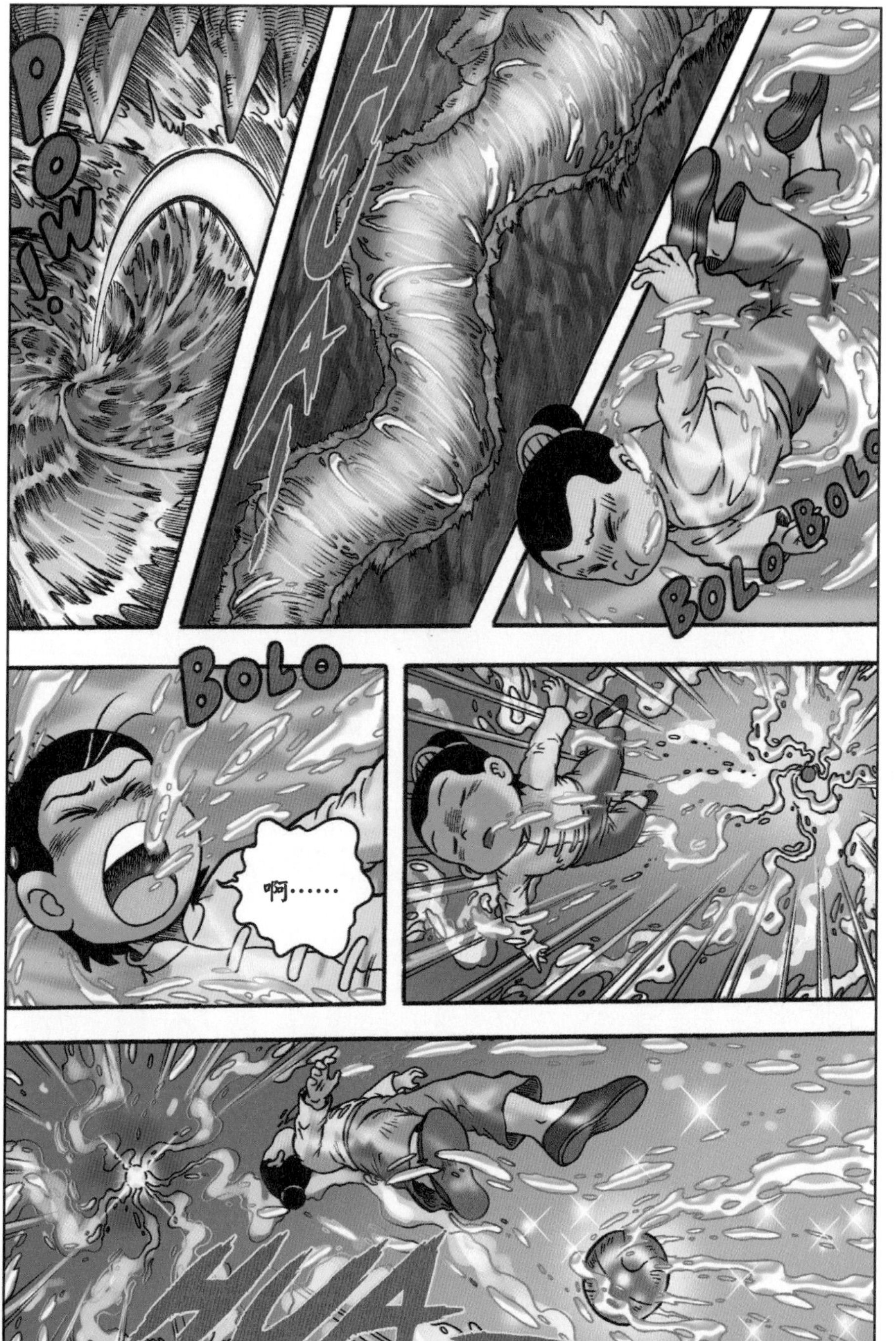
POW!!
HUA
BOLO BOLO BOLO
BOLO
啊……
HUA

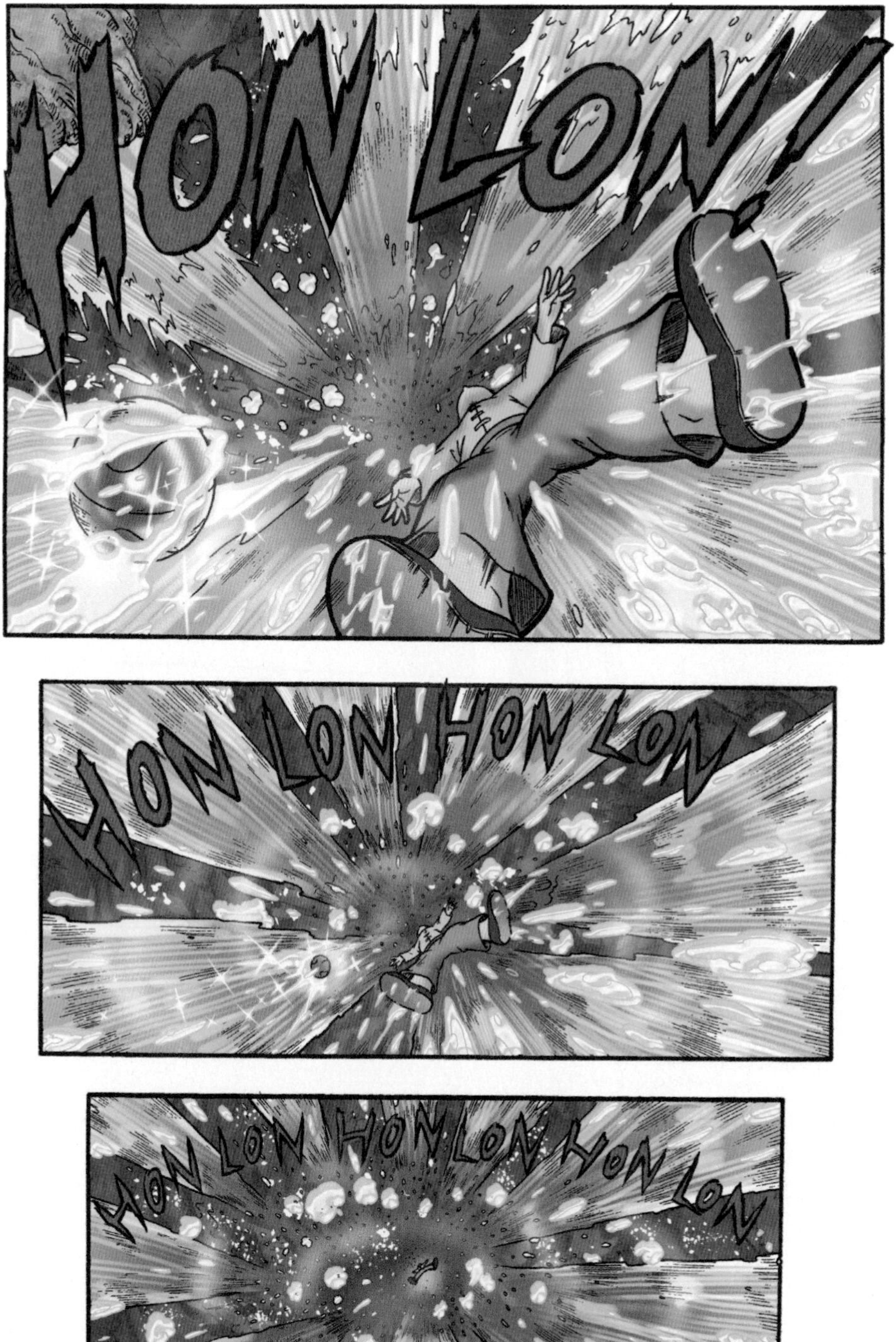
HON LON!
HON LON HON LON
HON LON HON LON HON LON

好深的
坑呀！
原來是條地
下河道！
喂！長眉！
快來幫
我……
看到他了！
在那邊！！

呼～
呼～
大師父！小師弟呢？
菌月呢？
兩個都被激流捲進地底涵洞了！
長眉……
快去找他呀！
你以為我不想去找嗎？
水流漩渦太湍急！洞口狹窄根本難以靠近！
你不去……我去！

你給我站住！
知不知道你剛才差一點就沒命了？
自己都保不住，還妄想去救人嗎？
我不想見到更多條人命被吞噬到暗黑的漩渦裡！
大頭！現在衝動是解決不了問題的！
……
天哪！
我們已經失去阿亮啦！
我不想連最後一個徒兒也沒了啊，你明白嗎？

不如咱們幫忙
找尋小師弟！
嗯！
真的？
真的能
找到？
我們盡量
試一試！

希望能透過大
樹根部的網絡
搜索找到他的
氣息。

奇怪……完全沒有蹤影……
可能是被地下水流沖到地谷了！
那個很深很黑暗，完全沒有植物的地方？
真的嗎！
一個小孩子能在那種環境裡活下來嗎？
你們若能先幫助我們取回原力，即使死去也能將他復活！
長眉！
我們別無選擇了！
……

第135話
迷幻的秦王墓坑道
幽暗壁上如鬼眼般伸出的歡喜蘑菇

滿瓊樓
滿瓊樓
熊記汕頭火鍋
今日公休
啊！
公休？
今天是週五，為什麼不開店？
有錢不賺，老闆也太囂張了。
咱們去吃別的吧！
GOLOOLOO
GOLOOLO

主子，小心燙啊！
來啦！來啦！
尊貴的客人，這是本店的招牌牛肉丸，請慢用。
……
還有什麼儘管上，今天我們包場了。
嗚哇！是、是、是！
……

喲！這位俊爺讀書好認真哪！
本店有羊腦，吃了保證滿分喔！
……
喂！這麼多嘴做什麼？
噢、噢！
N……
……
咦？拿著筷子發呆呀？
瞧他那專注的模樣，多斯文哪！

不會吧！她這麼快就來電啦！
你放心！來得快去得也快！
三年失戀了九十九次，我看馬上要破一百的紀錄了！
受不了，愈看愈帥氣……
我明白了！
這本假書只有一個目的。
無論是誰取得活寶原力，都會被引領到一個地方。

那就是秦王墓！
PA
煉丹師千年以來的使命就是要復活秦王。
這也不是什麼祕密了。
啥？秦王要復活了？
這怎麼不是祕密呢？
去、去、去！別偷聽！

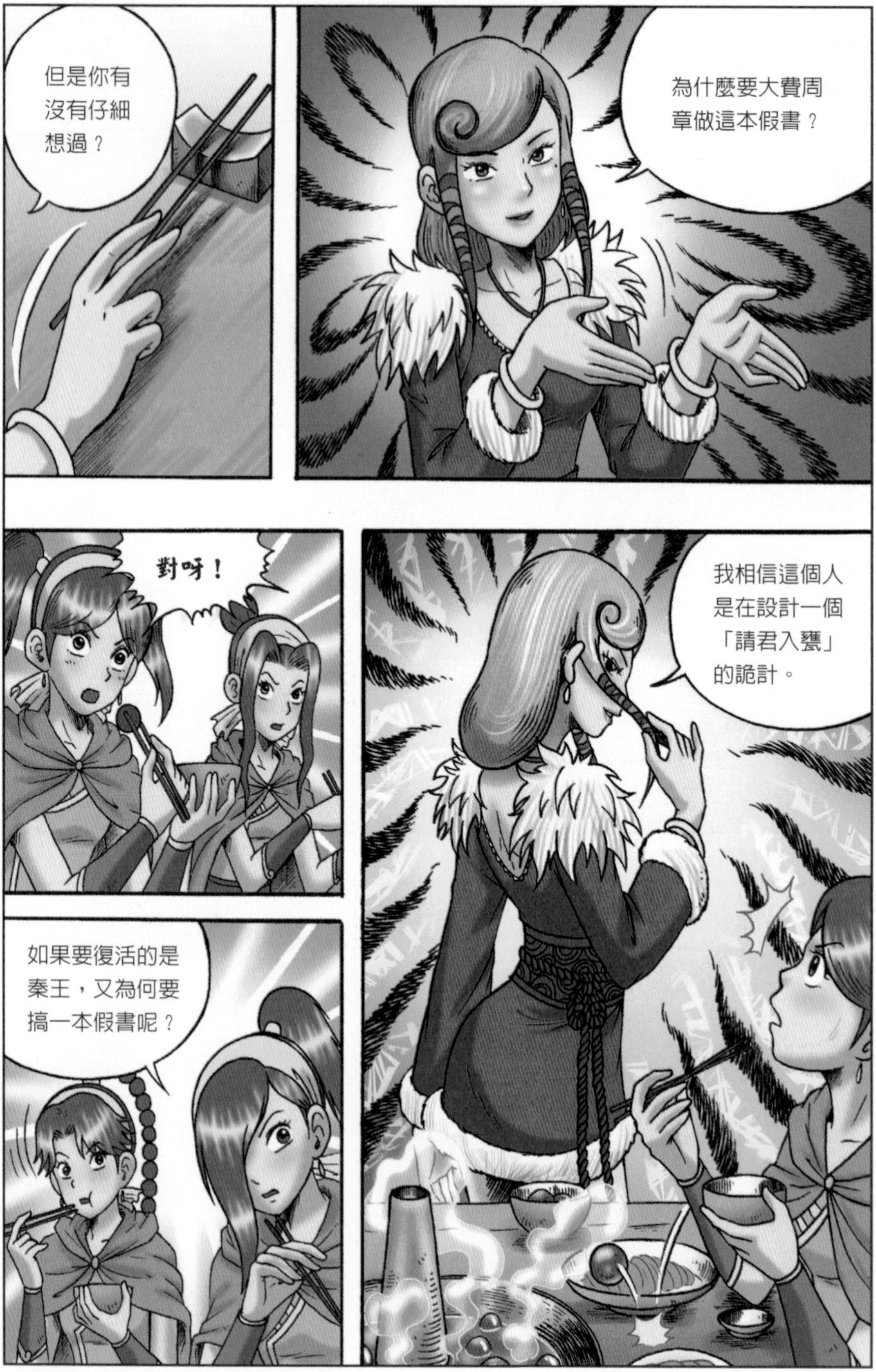

但是你有沒有仔細想過？
為什麼要大費周章做這本假書？
對呀！
我相信這個人是在設計一個「請君入甕」的詭計。
如果要復活的是秦王，又為何要搞一本假書呢？

所以，我猜測會不會要被復活的不是秦王！
這是合理的懷疑。
很有挑戰性吧？
DU！
你有沒有興趣並不重要，重要的是你得帶我進去。
你在說什麼？
我……對誰能復活沒有興趣。

這裡。
啊？
只有你記得進入秦王墓的路線圖。
你怎麼知道這件事？
因為…
他知道。
啊！

竄者小五曾經給
過你「秦王墓」
的路線圖。
包犛？
你……
我在殘佛嶺被
你打入水裡僥
倖沒死！
……之後發生
的事可是看得
一清二楚。
屬下參見
旭公主。
你是旭公主？！
傳說中那個
嫉惡如仇的
皇妹？！
嘻嘻！身份被
你發現了。

身為一位公主為何要插手此事？
我的哥哥是當今皇上，我的侄子是未來天子，我不希望出現一個怪物來攪亂大局。
所以你的立場是……
是誰得到活寶都不是好事。
我要消滅那個禍根。

至於你，
這位煉丹
師……
難道不想知道是
誰在幕後，害得
你家破人亡嗎？
唉……
好吧！
我答應你！
嗯！這樣
才對嘛！
讓我們好好
合作，去揭
開謎團吧。
噢！公主的
手碰到了！
OH

包侍郎辛苦你了，來吃一碗牛肉丸吧！
多謝公主賞賜！
嘻！
公主竟然親手端菜給我，這種感情難道是……
啊
季公子，我特別為你添的呢。我餵你嘛！
我不吃牛肉。

GAGA
GAGA
GAGA
SAAAAAA..

真夠荒涼呀！
堂堂一個秦王墓，應該要更氣派吧！
哇！
這麼多烏鴉，太不吉利啦！
這叫「障眼法」。
OH

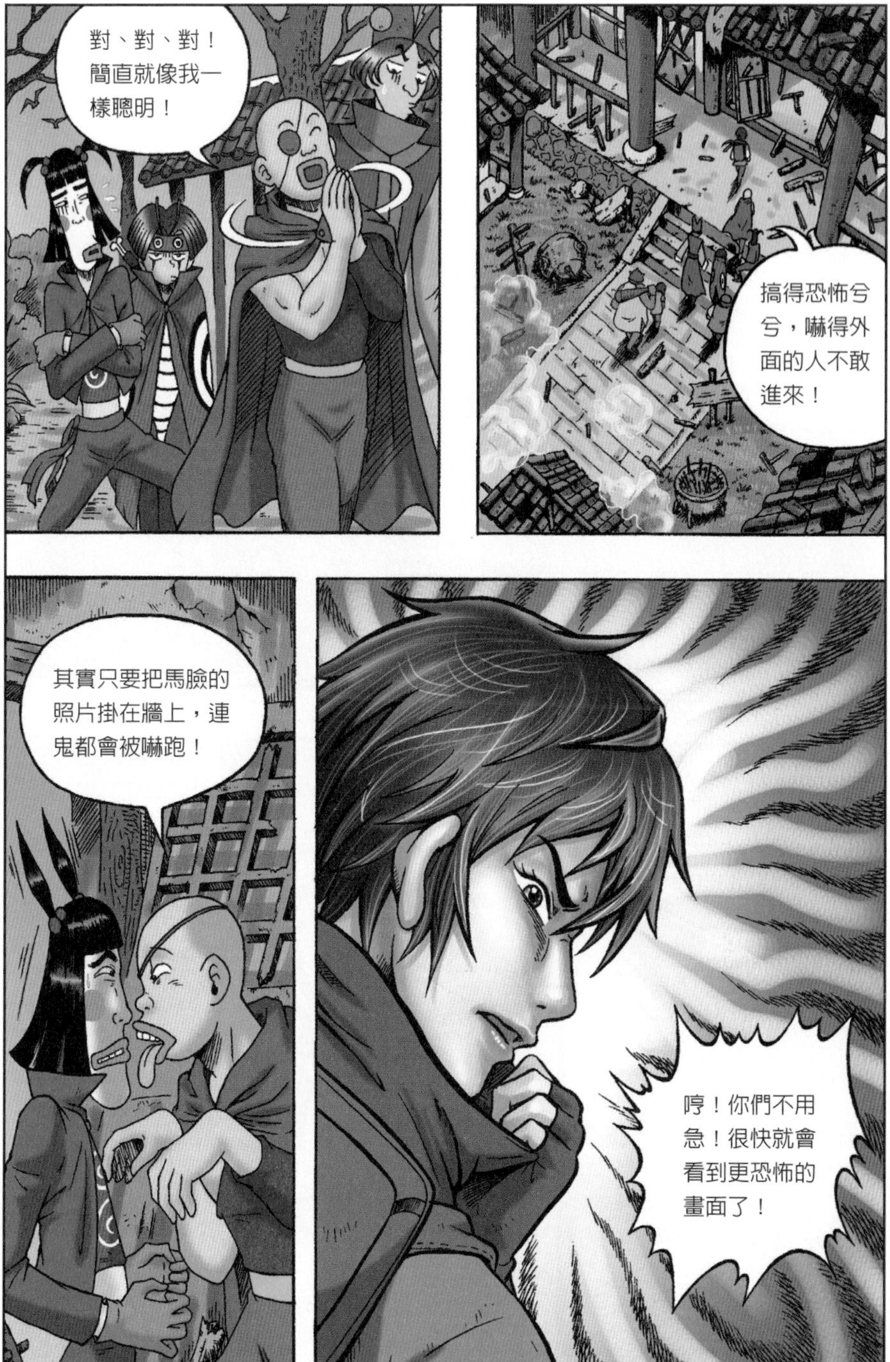
對、對、對！簡直就像我一樣聰明！
搞得恐怖兮兮，嚇得外面的人不敢進來！
其實只要把馬臉的照片掛在牆上，連鬼都會被嚇跑！
哼！你們不用急！很快就會看到更恐怖的畫面了！

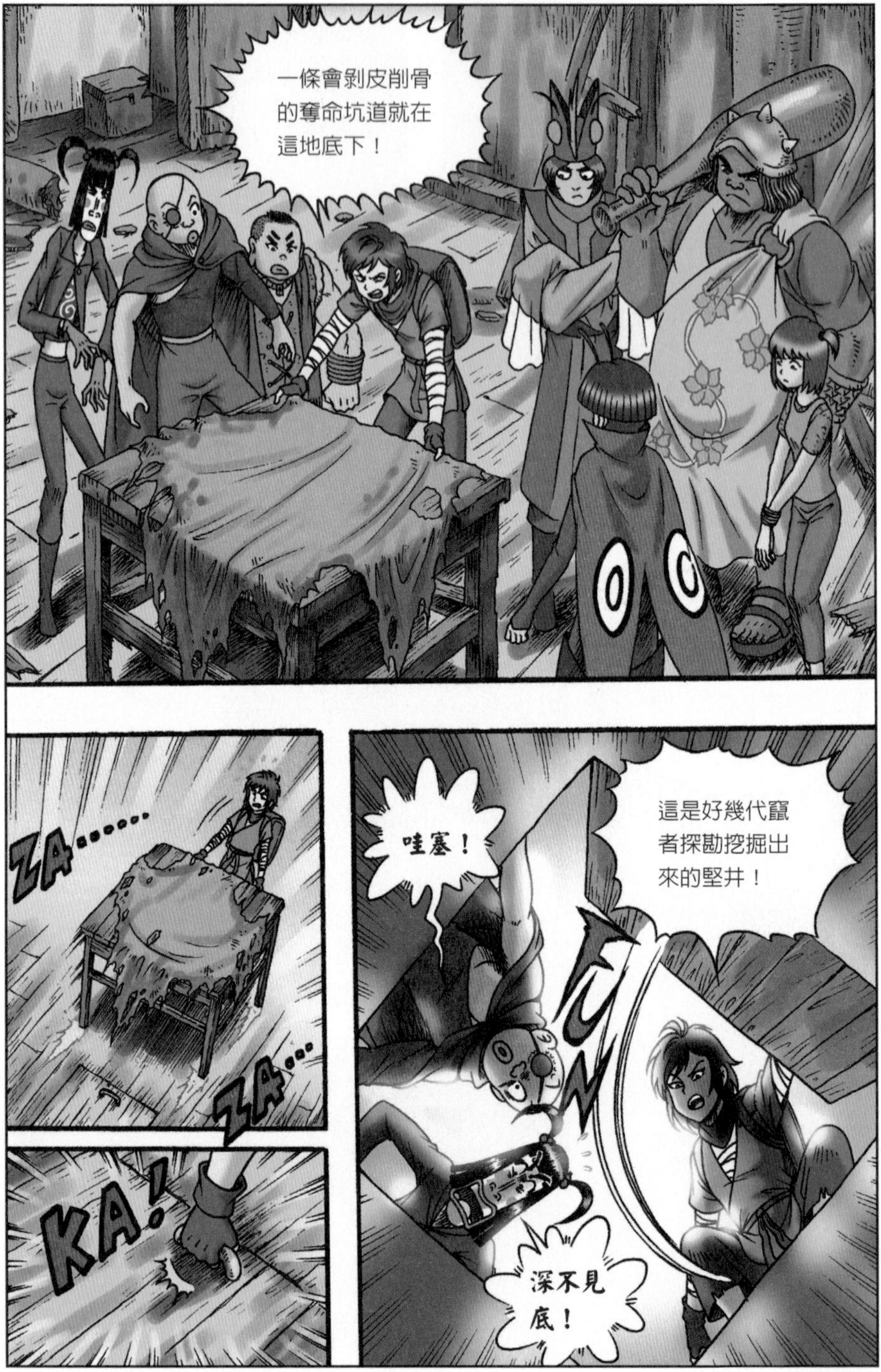
一條會剝皮削骨的奪命坑道就在這地底下！
ZA......
ZA...
KA!
哇塞！
這是好幾代竄者探勘挖掘出來的堅井！
深不見底！

啥玩意兒！
就這麼一個
小洞洞？
我們竄者三十一
名弟兄死在裡面
還沒收屍……
你們真的不怕
有去無回？
下去之後，你
就會知道了。
凍－－－－
我才不
怕呢！
我有活寶原
力護身！
行！你先下
去打頭陣！
哎喲！
PA

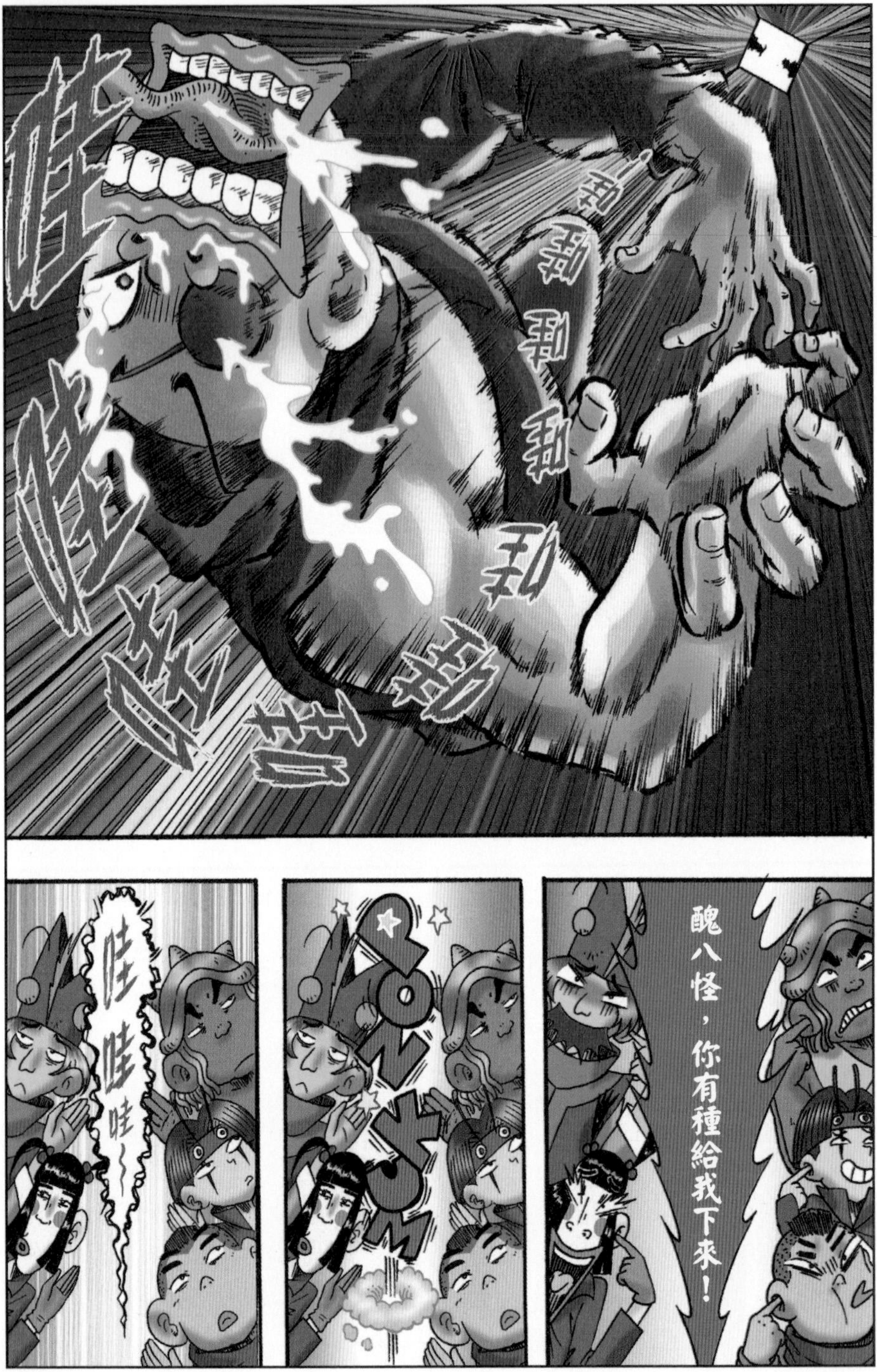
哇
哇
哇哇哇～
醜八怪，你有種給我下來！

喂！你給我老實的帶路。
如果敢亂來，就殺了你老妹！
哥，別去啊……
哥……
六妹……
如果哥回不來，你好好活著……
PA!

暈了！
暈了！
你不要搖來搖去的行不行！
沒有膽量就別想進入古墓！
快下來吧！你這個膽小的女生！
喂！本姑娘早就在等你啦！
啊！
好輕功！幾乎感覺不到她的存在。

這是……
糟了！這個有活寶原力的呆子摔死了！
SUMM!
KAKU
KA
SLOO
PUKE
放心！他現在想死還死不了。

啊！竟然能起死回生！
臭馬臉！把我從上面踢下來，還敢踩我！
SULO
心腸比臉蛋還醜！
喂！你們別鬧了！
這是古墓，請放尊重一點，否則很容易出事的。
有鬧鬼嗎？
進入坑道前，先把眼睛蒙住，行進間千萬不要偷看！

你在開什麼玩笑？
要帶我們在墳墓裡捉迷藏嗎？
洞裡夠黑了，為什麼還要矇著眼？
因為坑道壁上攀爬著一種可怕的「歡喜蘑菇」，如果眼睛被它盯上，會產生致命的後果！
那……我們怎麼在黑漆漆的洞裡前進？
「小七」會帶路！
咦～難道這裡還有第四個人？

小七，
出來吧！
吱…
吱…
牠就是「小七」？
一隻毛絨絨
的地鼠？
你不是號稱
大膽妹嗎？
女生就是
女生！
小七是竄者
訓練的墓穴
尋航員。
開啥玩笑！
用耗子帶路？
古墓裡到處是瘴氣屍
毒，更藏有致命的水
銀重汞，小鼠敏銳，
能預先偵測到。
吱！
有道理！
咱們出發唄！

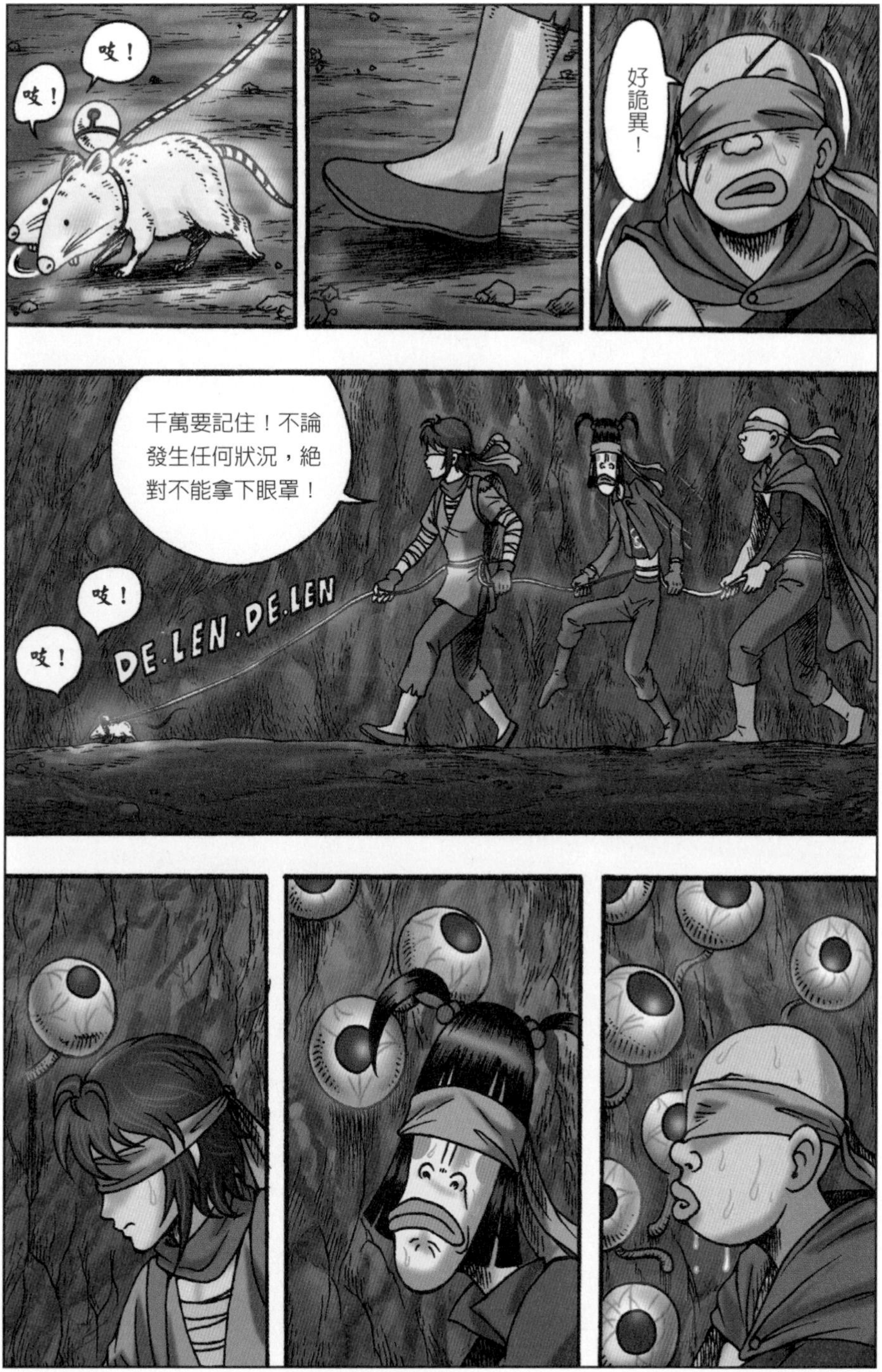
吱！
吱！
好詭異！
千萬要記住！不論發生任何狀況，絕對不能拿下眼罩！
吱！
吱！
DE.LEN.DE.LEN

喂！別走那麼快呀！我跟不上！

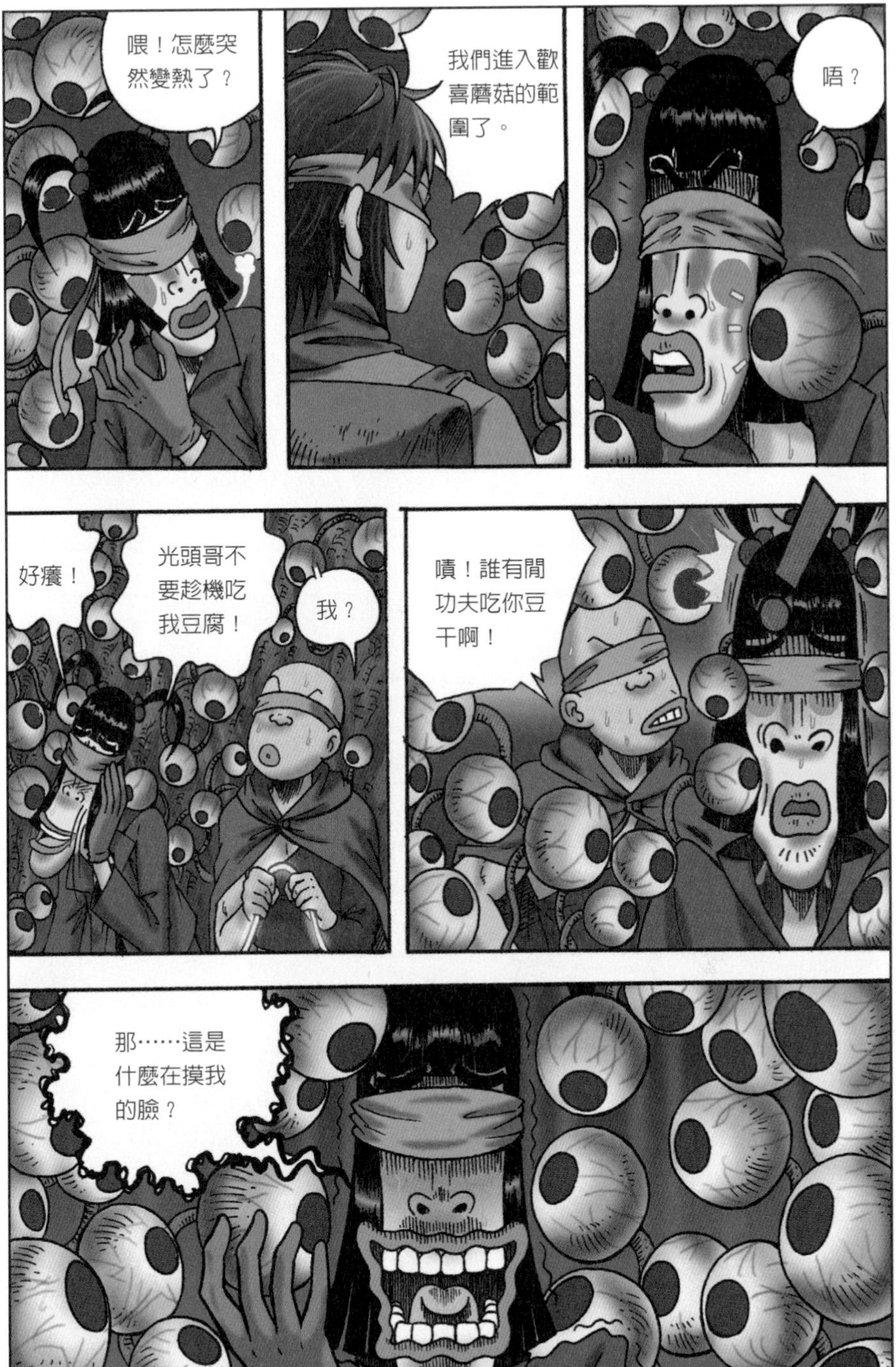
喂！怎麼突然變熱了？
我們進入歡喜蘑菇的範圍了。
唔？
好癢！
光頭哥不要趁機吃我豆腐！
我？
嘖！誰有閒功夫吃你豆干啊！
那……這是什麼在摸我的臉？

別亂動！
你是不是有擦脂粉？
我天生麗質，根本不需要！
說謊！
她臉上的粉可以淹死螞蟻！
快抹掉！脂粉香味會讓歡喜蘑菇抓狂！
不會吧！

這些是什麼
鬼東西？

千萬不要看！
不要看呀！
嗚呀！
媽呀！
别拉啊！
AAAAAAAAAAA
KA·KA·KA

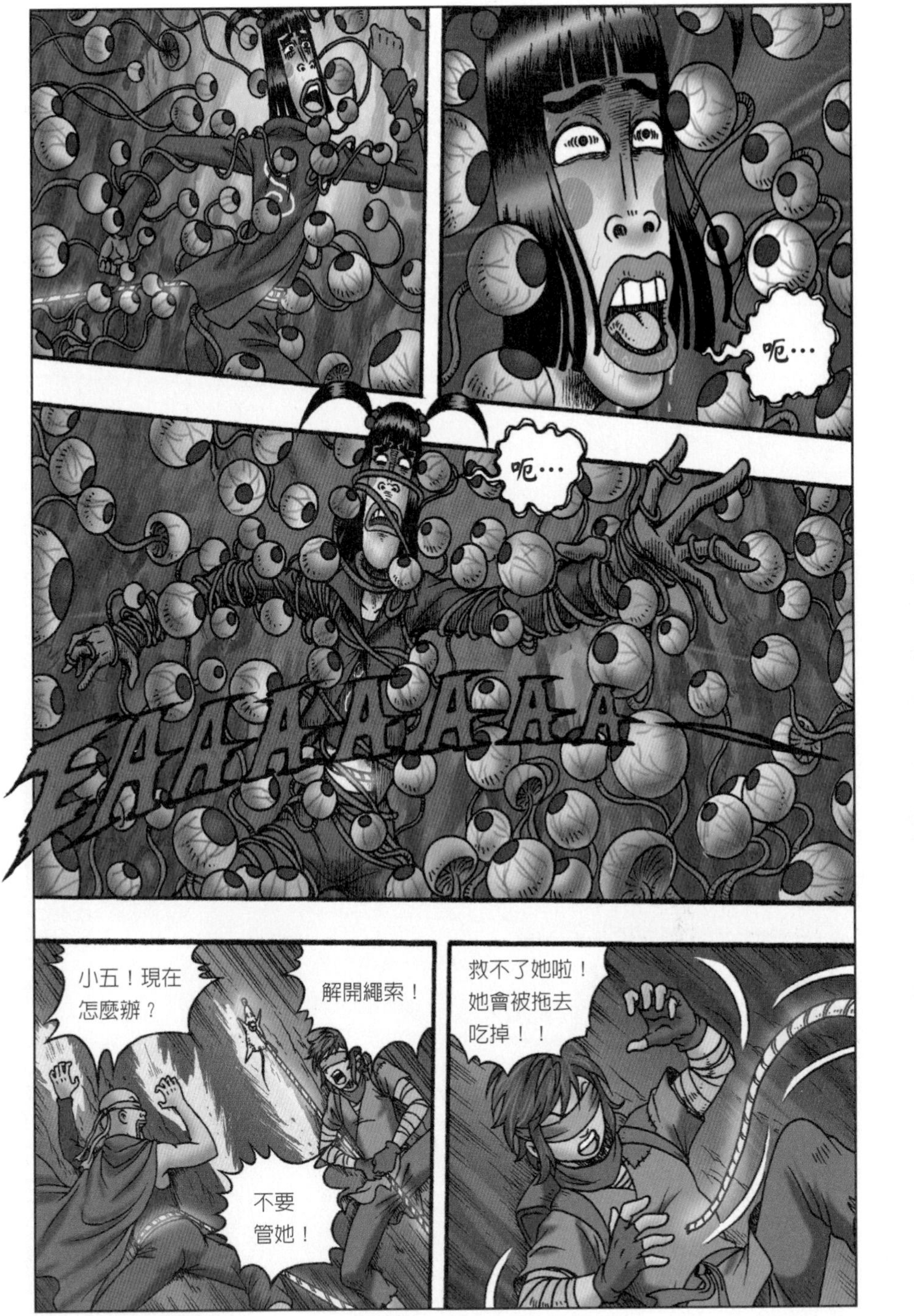
呃…
呃…
EAAAAAAA
小五！現在怎麼辦？
解開繩索！
不要管她！
救不了她啦！她會被拖去吃掉！！

PA!
我雖然討厭她，
但還不至於見死
不救！
嗚哇！
這就是你
所說的歡
喜蘑菇?!

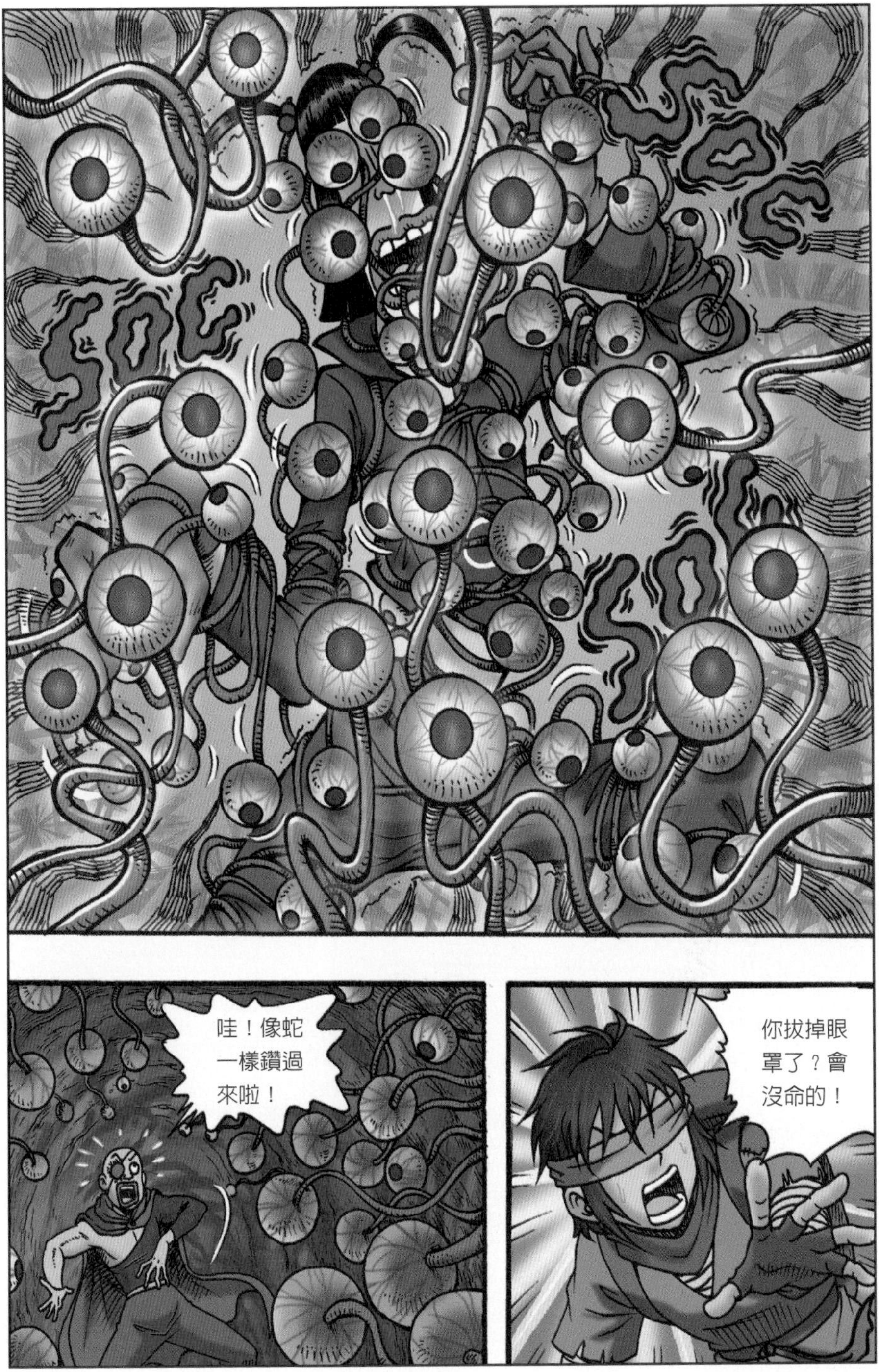
SOC
SOC
SOC
哇！像蛇一樣鑽過來啦！
你拔掉眼罩了？會沒命的！

超噁心的東西！
想要和我互瞪是不是？
那就看誰比較厲害吧？
BO!
BO!
BOO
BO!

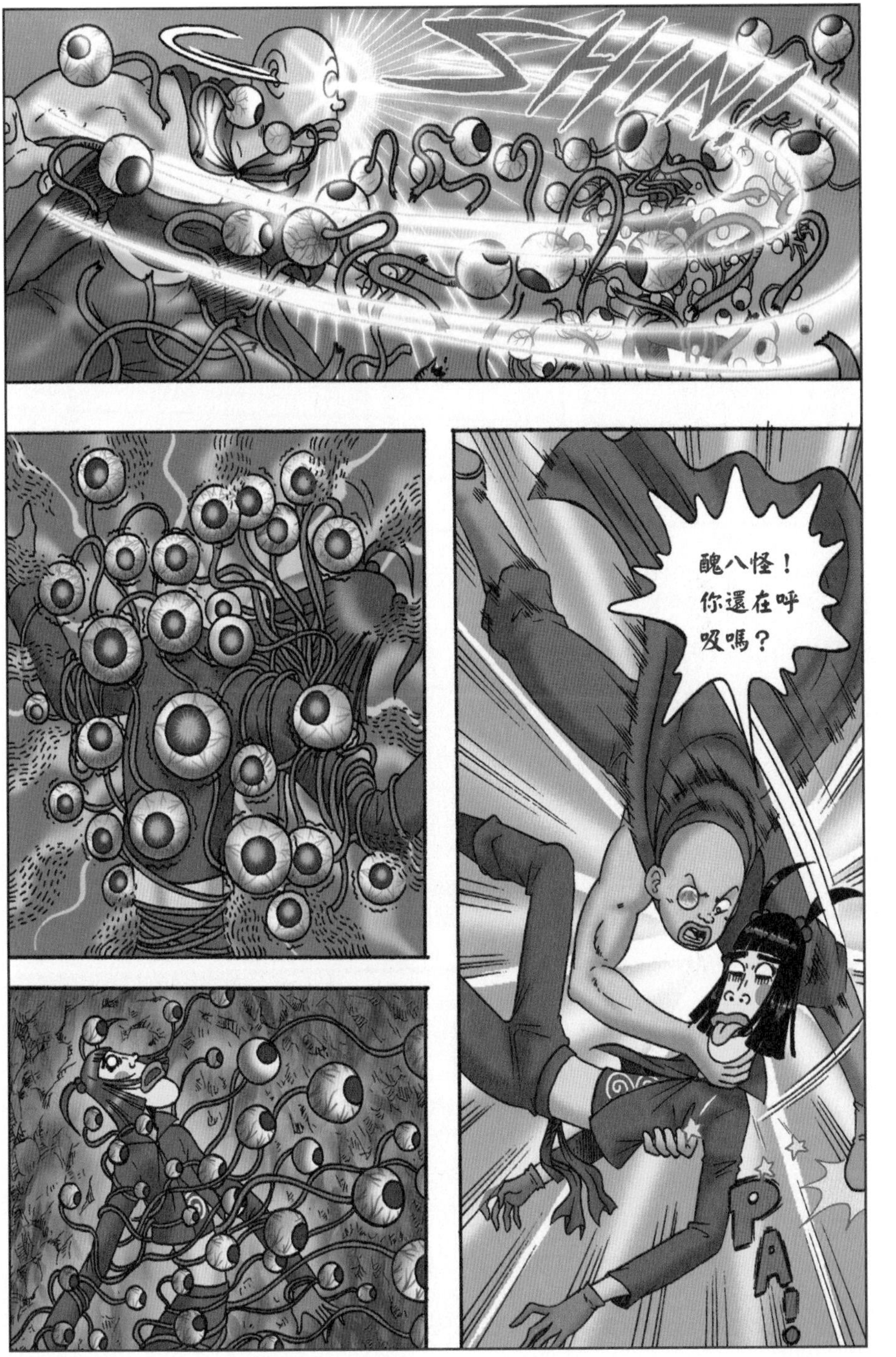
SHIN!!
醜八怪！
你還在呼
吸嗎？
PA!

哎喲！你的小褲褲露出來了呢！
OH
色狼！
SLMP
開個玩笑嘛！
早知道就不救你了。
剛才那一大群鬼眼呢？
全都被本人趕走啦！
你…
使用了活寶原力？
什麼？你的右眼就是「活寶」？
啊！

對呀！你很羨慕吧！
果然是超厲害的。
只不過現在只有百分之八十的原力。
嘿嘿
如果再讓我得到那百分之二十。
那就太完美了。
這和你們進入秦王墓有關係嗎？
那是因為想要……
說這麼多幹什麼？
呃！
竄者小五！
我警告你，除了帶路，其他的事情你少問！
剛才被你一陣狂扯，繩索斷裂，小七不見了。

你不會是想用
一隻老鼠來嚇
唬我們吧！
你是專門盜墓的竄
者，沒有老鼠就不
能幹活了嗎？
既然敢跟你們下來這
裡，就沒有想過要活
著回去！大不了大家
一起埋葬在古墓裡！
行了、行了！
你快點帶路唄！
他的表情是在
說真話呢！

走吧！
你別激他！萬一他抓狂！誰都沒好處！
那些鬼眼球還會出現嗎？
你問我，我問誰？
我好害怕呢！
別拉著我呀！
鈴…
鈴、鈴、鈴…
吱！
鈴…
吱！
吱！

第136話

步步危機草木皆兵

地鼠小七牽引竄者深藏地底的悲慟

…
真是令人毛骨悚然的鬼地方。
怎麼樣？有沒有動靜？
連個風聲都沒有。
你跳下去看看呀！
開玩笑！我找死呀？
要跳你自己去跳！

我想要
尿尿。
啥？
快要憋不
住了。
真麻煩！
隨便尿吧！
可是…
可是
什麼？
可是我是女
生！怎麼可
以隨便呢？
對嘛！你
怎麼能說
隨便呢？
快點去當
保姆吧！
怕你了！
跟我來吧！

這麼多烏鴉，
真是令人發
毛！
就在廢屋裡解決吧！
別想乘機逃跑啊！

走開！
可惡的鳥屎！
喂！你拉完沒啊？這麼久！
嗯嗯！人家忘記帶衛生紙了……
拿著、拿著！
趕快擦吧！
嗯、嗯、嗯！人家要用印著小熊圖案的衛生紙……

你別太
過份！
否則我
就……
否則就怎樣？
PAKA!
哇呀呀呀！

ZOOM—

SHIT

DUWN
哇！
啊！
別慌！
恩公？是你？
你哥哥是不是被馬臉帶走了？
他們都在那間屋子裡，哥哥已經下去地道了。

行動！
上！
他們怎麼去那麼久還沒回來？
女生總是慢吞吞的，寶塔妹不就是這樣。
說什麼？人都死了，你還要講她壞話！

PA!
PA!
是誰?!
唔!
PA!
PA!

我頂！
哇！！！
呃……
你們是什麼人？
我的手指頭！
你沒資格知道！

飛蛾兄！
你小心
自己再
說吧！
去死吧！
SA
TE
SUCK
快閃開！

KISS
BO!
搞定。

他們三個人
就是從那個
洞下去的。
繩索通往
下方的坑
道！
有什麼動
靜嗎？
無聲無息。
讓開，我
來看看。
很危險
的……

哇哦！這就是傳說中秦王陵墓的入口嗎？
真好奇下面會是個什麼地方……
嗞嗞嗞嗞嗞嗞嗞
唔？
什麼聲音？
……
吱。
哇！老鼠哇！！！
有狀況！
吱！

PA!
我說過很危險的，你就是這麼好強！
SA—
真是的！她竟然撲向那個小白臉！
哇啊
哇啊
哇啊
哇啊
吱！

死耗子！就
把你當成那
個小白臉給
剁了！
吱！
別殺小七！
牠是我哥的
帶路鼠！
小七別怕！
他們都是好
人。
吱

這隻地鼠
是你哥哥
養的？
小七是我哥的
帶路鼠，在墓
穴裡需要牠來
確認安全。
吱
為什麼只有
你上來？我
的哥哥呢？
吱！
吱吱！
吱吱吱！
吱吱吱！
一定是發生意
外了!?要不然
你不會離開我
哥的！
恩公，我必
須立刻下去
找我哥哥！

我跟你去，我記得你哥給我的路線圖。
嗨！你得帶上我哪！
啊！
糟糕！她又犯了好強的老毛病！
包整，你要去哪裡呀？
我要跟隨下去護駕……
不需要了，我有季公子就行了。

我乃一片赤誠，護主心切……
可惡！佔盡便宜的小白臉……
超過分的！她連我們四鐵衛也不帶下去！
真是有了男性沒人性！
小七，快帶路吧！
吱！
鈴
鈴

第137話

擦槍走火誤打誤撞

三道門前三十一名竄者的毒簇枯骨

怎麼不走了？
是不是又出現什麼鬼東西呀？
別嚇我呀……
前面有岔路。
走左邊，還是右邊？
分不出來了嗎？
你不是給季三伯畫過路線圖嗎？
怎麼會不認得路？
那是在受重傷發高燒的時候畫的……
啥？！是唬人的嗎？現在才說！

幸好沒叫季三伯帶路，要不然死得更慘……
嘿！我發現前面石壁上有記號！
曾經有上百個盜墓賊來過，是誰刻的記號也分不清了！
什麼?!幾百個人來過，那秦王墓豈不是被翻爛了嗎？
真是沒創意，只會刻箭頭當記號？

刻下印記的沒有
一個活著出去。
只要一個彎
轉錯，就沒
命了。
向左還是向
右，你們選
一條吧！
好賊的
竄者！
把棘手的
問題丟給
我們？
你是男生！
你來做決定。
那就往左吧！
我喜歡左。
如果是死路
一條，我可
不負責。
喂！你這樣
說我壓力會
很大！
萬一你選錯
邊怎麼辦？
怪我嗎？
那你為什
麼不選？

喂！
已經走了十分鐘，這條路對不對？
PATA
腳下怎麼濕漉漉了？
吸
好濃的腥臭味？
吸
你們看牆壁？
鬼眼睛又出現啦？

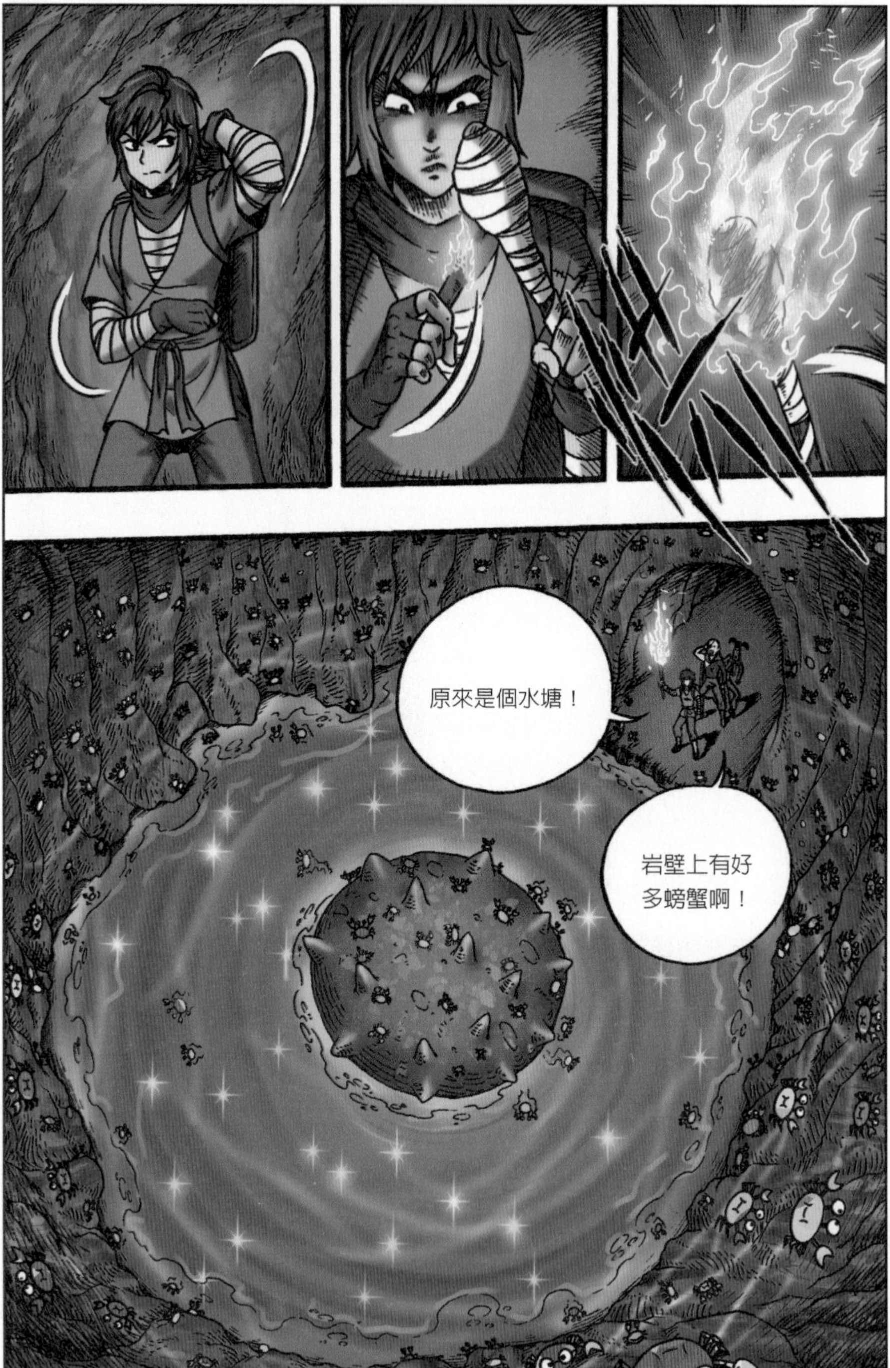
原來是個水塘！
岩壁上有好多螃蟹啊！

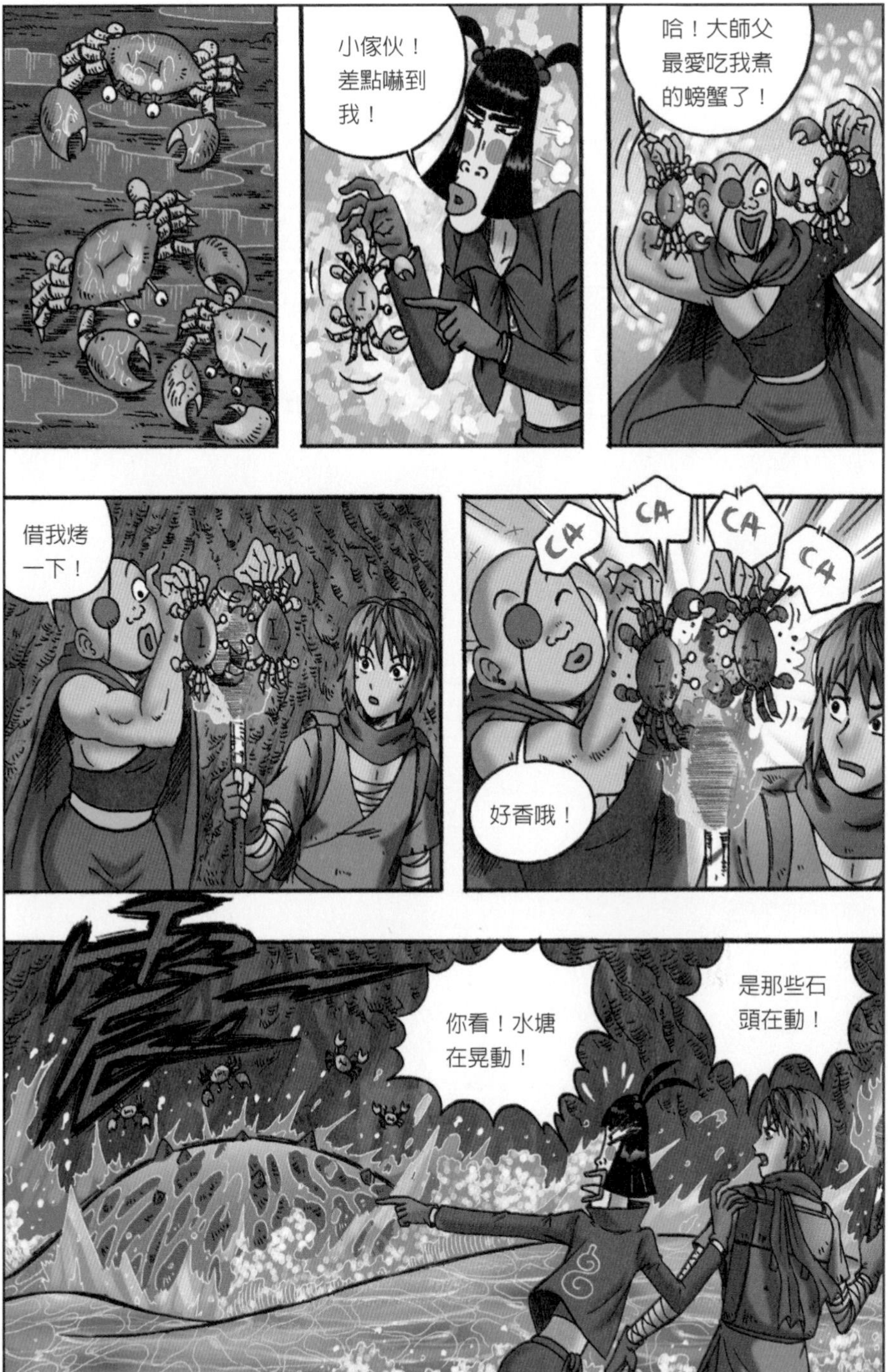
小傢伙！差點嚇到我！
哈！大師父最愛吃我煮的螃蟹了！
借我烤一下！
CA
CA
CA
CA
好香哦！
你看！水塘在晃動！
是那些石頭在動！

BOOM
哇！是超級
大閘蟹！

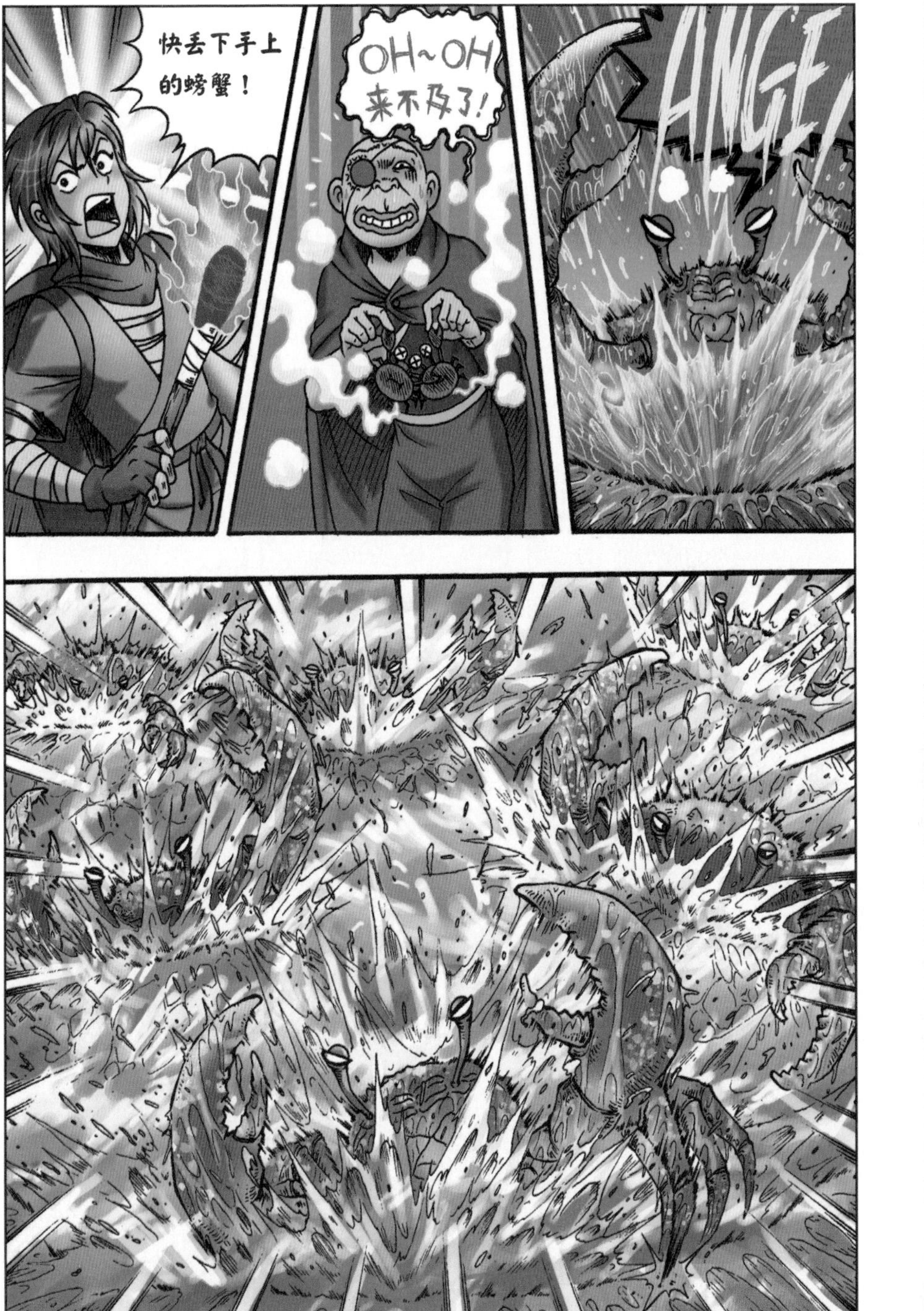
快丟下手上的螃蟹！
OH~OH
来不及了！
ANGE

快使用活寶原
力消滅牠們！
就是嘛！
幾隻螃蟹
算什麼？
BAZZ
嗯……
糗了！我還
無法控制原
力……
你再試試！
還說！
快逃吧！
不行啊！每次
都是在情緒興
奮時才有效。

趕快想像一下和我結婚的時候……
夠興奮了吧！
ZA ZA
咦！有反應！
BOW
都是你啦！現在連一絲閃光都熄了！
暈！
來不及了！我用火藥炸掉通道阻止牠們。

BLOOOOM!!
HOMMMMMMM...

HOMMMMMM
吱！
前面有
爆炸！
吱！
嗚哇！
一定是五哥！
吱！
老鼠！
五哥！

咳！
咳！

吱吱！
小七！！
吱！
吱！
五哥！

六妹？你怎麼下來了？
我是帶恩公下來救你的！
小五！
哎呀！有兩個人被埋了！
腦袋被砸中的這個就是擁有活寶原力的人。
好慘哪！
都被巨石壓扁了還能活嗎？
他不會死的。
哪有可能！？

季三伯，你身旁的女生是誰呀？
哇！還真的活著！
嗯——！！！
嘟～
吹！
啵！

豔福不淺哦！快點幫我介紹一下吧！
啊！你別過來，豬頭！
哎喲！
是誰丟的？
喂！你不能見異思遷，先救我唄！
啊！天壤之別……
嗯～
這位竹竿阿姨好可憐！胸部都壓扁了。
沒有壓扁！她原本就是長這樣的。
哎呀！

你想謀殺呀？
啊！對不起！
她叫馬臉，原本是藥王府的人。
但是為了自己的利益。
OHWA
CA!
卻背叛了藥王府。
Mayo
KUZ
是個見利忘義的牆頭草。
TON TON TON
GE GE
這種勢利小人你為何還要救她？
就讓她自生自滅吧！
POKU
HUU
NEE

我是個醫生，見死不救，有違我的天職。
骨折和脫臼我都幫你治好了。
嘻！沒事了！
果然是當醫生的料！
你背叛了藥王府，依照鐵律該如何處置？
別那麼嚴肅嘛！都這種時候了，你還要跟我算舊帳嗎？
藥王府鐵律！叛逆者「亡」！

喂，我說你很變態，前一分鐘救她，後一分鐘又要殺她。
你下來這裡是為了修理離職員工的嗎？
哼！我看你是衝著活寶而來的吧！
PON!
OH
你別碰他！

大美人要比力氣嗎？
我一根手指頭讓你！
鹹豬手！
哎呀！
PUNCH!
欠扁！
KUTO
哎喲！
有落石！
你們別在這裡打了！
坑壁脆弱，禁不起撞擊，隨時會崩塌的！

不會吧！花了三十八年、幾百萬人力的秦王墓，會那麼脆弱嗎？
竄者說得對，這裡不安全。
是啊、是啊！
大家目標都相同，應該把精神放在尋找秦王墓。
哼！
吱！
小七！你去哪裡？
吱吱！
吱吱！

小七發現前面坑壁上的記號！
啊！轉過去就是上次出事的地方！
三十一名竄者喪生的「亡命彎道」！
什麼亡命彎道？
嘖！
讓開！
你們真是膽小！

旭公主，裡面十分危險，還是讓小五帶路吧！
哇塞！她居然是公主？
本公主有皇室血緣護體，不怕妖魔鬼怪。
唔……
好黑……
沙
沙
哦
沙

哎喲喂呀～～！
哎喲！
公主！！

第138話

古墓驚魂三道金門

阿亮就是開啟鑲嵌麒麟膽的鑰匙人

該死的石頭！
害得本公主摔個狗吃屎！
啊！那是……
喂！你們快扶我起來呀！
有什麼比本公主跌倒更好看的嗎？
啊……

天哪！

你給我的路線圖裡，在終點的三個問號，所指的就是那三道金色大門嗎？
是的，這三道門就是我們看到的最後景象，沒有人能夠突破……

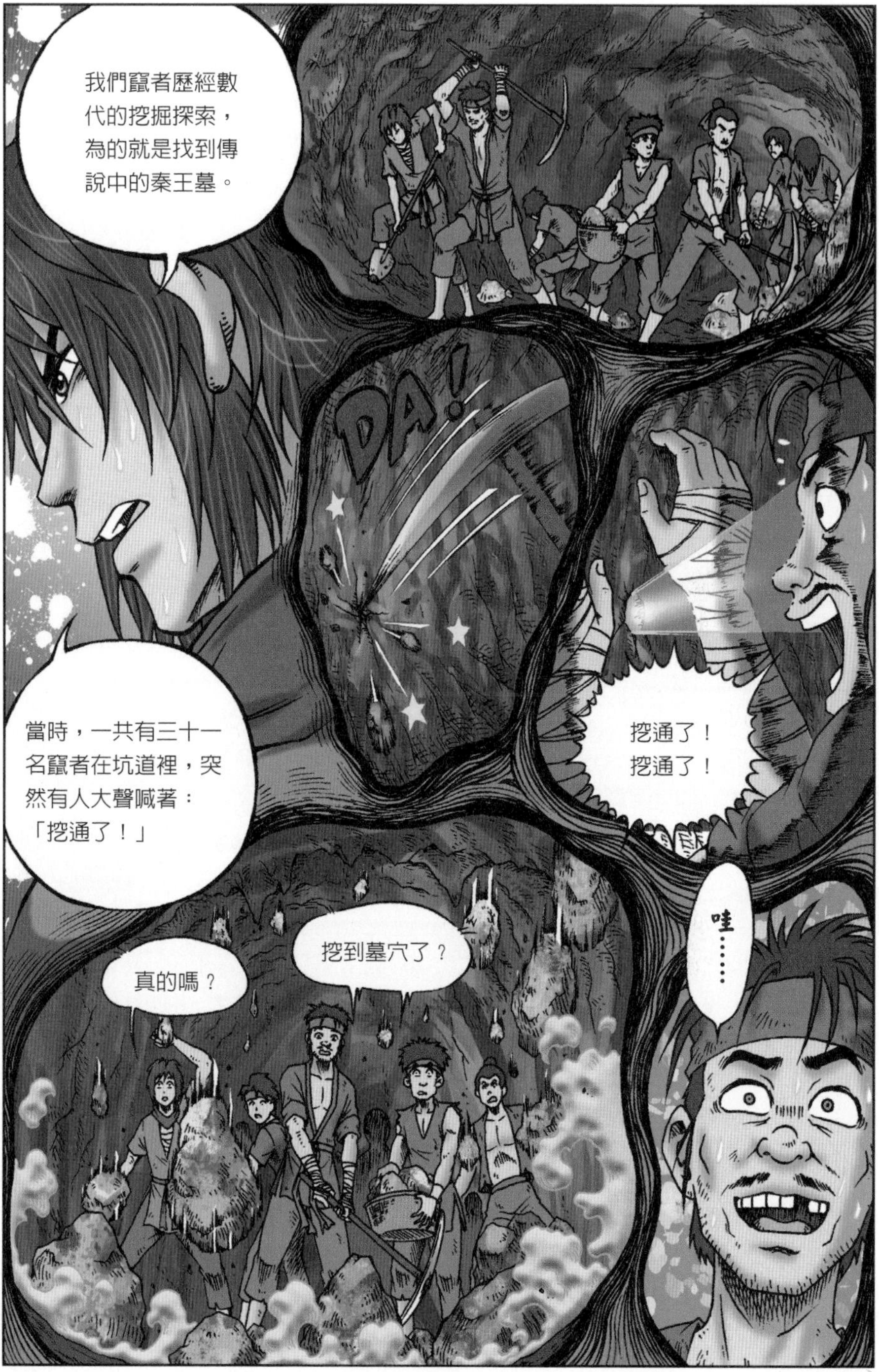
我們竄者歷經數代的挖掘探索，為的就是找到傳說中的秦王墓。
DA!
當時，一共有三十一名竄者在坑道裡，突然有人大聲喊著：「挖通了！」
挖通了！挖通了！
哇……
挖到墓穴了？
真的嗎？

經歷漫長幽暗坑道的伙伴們，看
到眼前金光閃閃的三道大門，都
情不自禁地向前衝去……
但是當第一個
人跨過門前橫
溝時，立即觸
動了機關！
ZOOM
四周弩箭像暴雨一樣射向我們！

跑在我前面的竄者擋住弩箭，但是其中一支還是擊中且射穿了我。
大家都倒下，當一切寂靜下來，我拚命地爬出坑道！
身上的毒箭發作，痛苦不堪，幸好恩公治癒了我，撿回一命！
三道門前的那道環狀凹槽應該就是感應區，任何物體跨越上方就會觸動弩箭！

機關弩的箭頭塗有劇毒，死者的骨骸都泛黑，連肉都腐蝕了！
但是從你身上拔出來的箭頭，為何竟然是煉丹師的「六道勾簇」？
對啊！如果這裡真是秦王墓，這不是很奇怪嗎？
我警告過你們，既然下來就不要後悔！
吵什麼呀！你包包裡有炸藥，把門炸開就行了唄！

其實任何人
都開不了那
三道門。
無論是誰得到活寶
原力，都必定會被
引領到此地，那才
是答案！
你是說這些機關只是
在測試此人是否真的
擁有活寶原力？
啊！真是
聰明呀！
三道門不是
門，而是一
個誘餌。
來吧！我們大家抽籤，
看誰先去撞門！

……
……
咦？為什麼用這種眼神看我……
HAHA
別……別開玩笑了！你們是要我一個人去挨毒箭？

喂！是你害我上賊船的，現在怎麼辦？
如果你把活寶的原力給我，我就去。
你知道活寶原力為何選擇我嗎？
去吧！親愛的，我精神上支持你。
因為本人的光頭比你更安全！
我要回烏龍院，不跟你們玩了。
你給我回來！
哎呀！

活寶之謎一日不解，你將承受更大的痛苦。
活寶原力不是你的我的，那是一種罪孽，必須釋放回歸原主。
好煩！
DOWN
他怎麼了？
我的阿亮哥哥正在思考。
我就是喜歡他這種傻樣子。
煩！
煩！

嗚哇！
煩！
喂！別超過傻樣子的範圍！
我看你沒別的本事，就只會耍寶！
PA! PA!
好！我去開那三道門！
行俠仗義烏龍院，超級無敵大師兄阿亮在此！
哎呀！

天不怕，
地不怕！
阿亮是男子漢……
CRUCK
啊
BROKEN!
對不起！踩掉了您的大牙！
哎呀！真抱歉！
沒看見您的肋骨……

嗚！
KAZA
CABON
YEE
對不起！
對不起！
CALA! KELO! CALA!

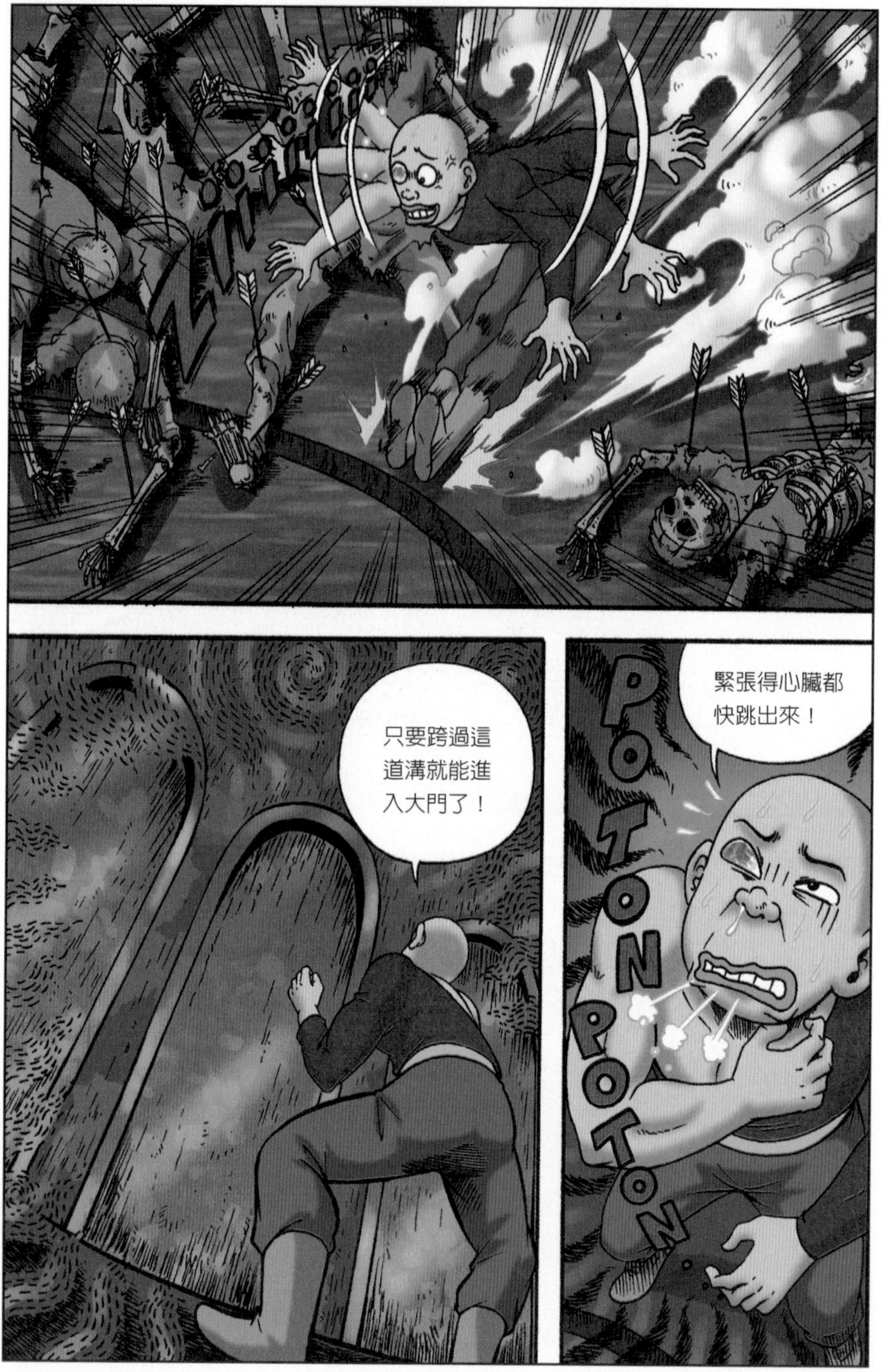
只要跨過這道溝就能進入大門了！
緊張得心臟都快跳出來！
POTON POTON

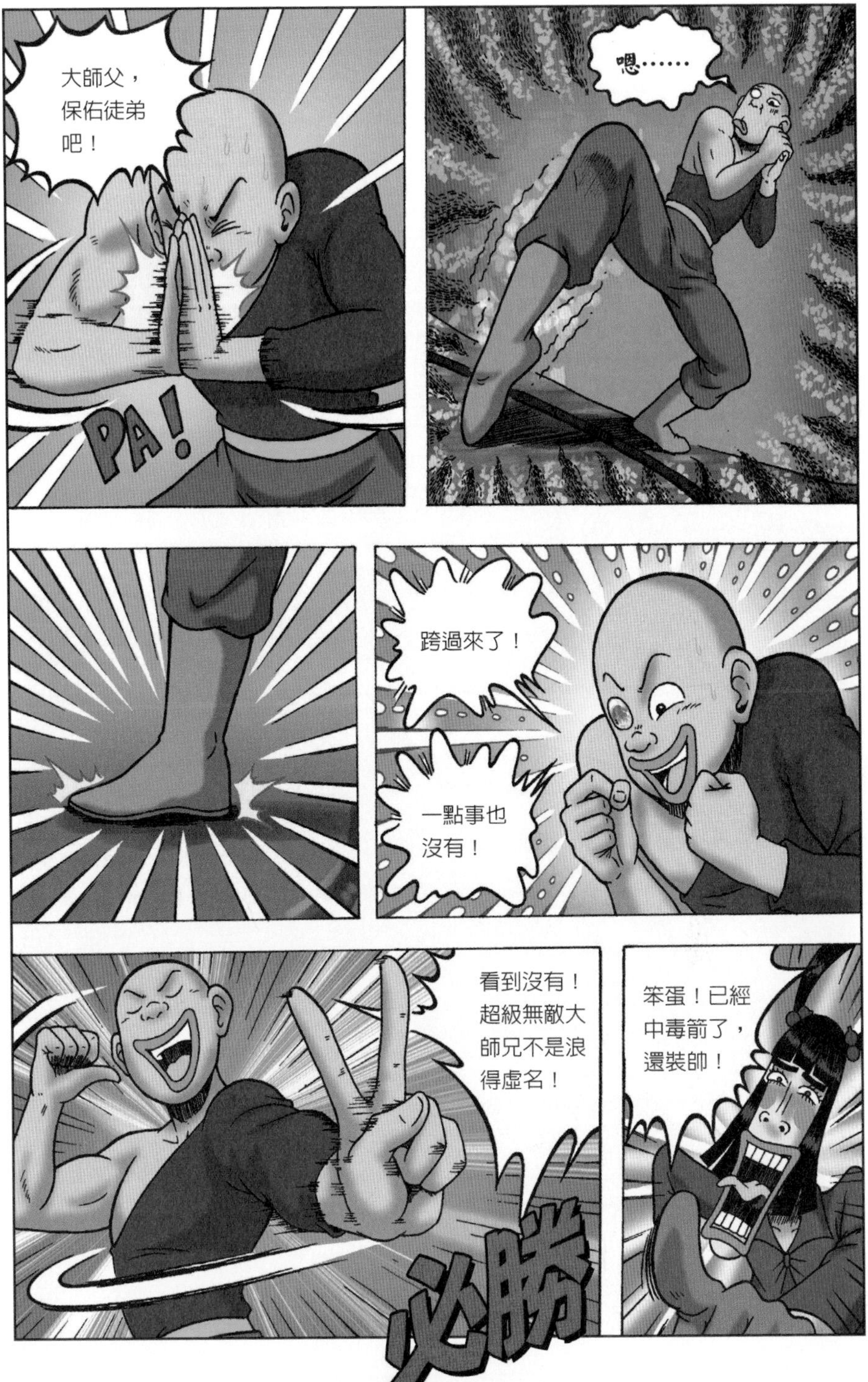
大師父，保佑徒弟吧！
PA!
嗯……
跨過來了！
一點事也沒有！
看到沒有！超級無敵大師兄不是浪得虛名！
必勝
笨蛋！已經中毒箭了，還裝帥！

哎呀！屁屁何
時中箭的？
SOOM
箭！箭！箭！箭！
箭！箭！箭！箭！
箭！箭！……

被射成刺
蝟了！
好慘！不敢再
看下去了……

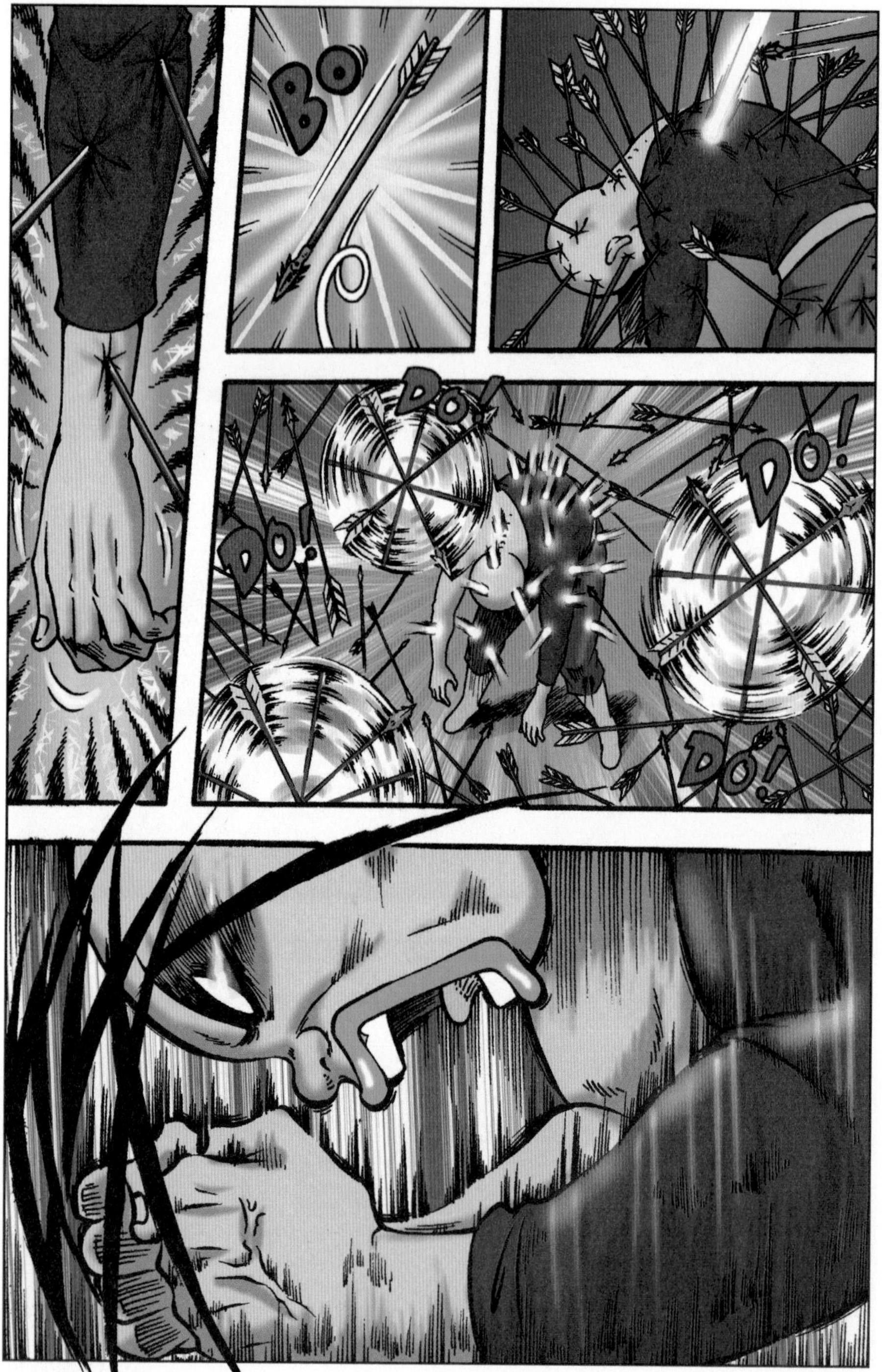
BO
DO!
DO!
DO!
DO!

好厲害呀！
他震開了身上的箭！
那就是活寶原力！
那當然！他是我男朋友耶！
大師父！你看到了嗎？弟子身中百箭而毫髮無傷！
哦？

怎麼搞的？
是我剛才喊得
太大聲了嗎？
金色大門像
奶油一樣融
解啦！
那是…

火麒麟！！

是「麒麟膽」！
我找到「麒麟膽」啦！
SOOOM!
YES!
季三伯！陰陽作變可以破解了呀！
麒麟膽！
呵呵呵！沒想到我是打開秦王墓的史上第一人。
我阿亮可以在歷史上留名囉！

爬到啦！
嘻嘻⋯⋯
大師父！
弟子沒讓
你丟臉！
嗯？
咔！

不對勁！
他被吸住了！

難道這個
麒麟膽是…
是誘餌！目
的是取走活
寶的原力！
啊！
阿亮！
危險！
SOOM
快放開
手！

哎呀！
PA!
他右眼的活
寶原力球被
吸出來啦！
ZI
ZI
ZI
SA

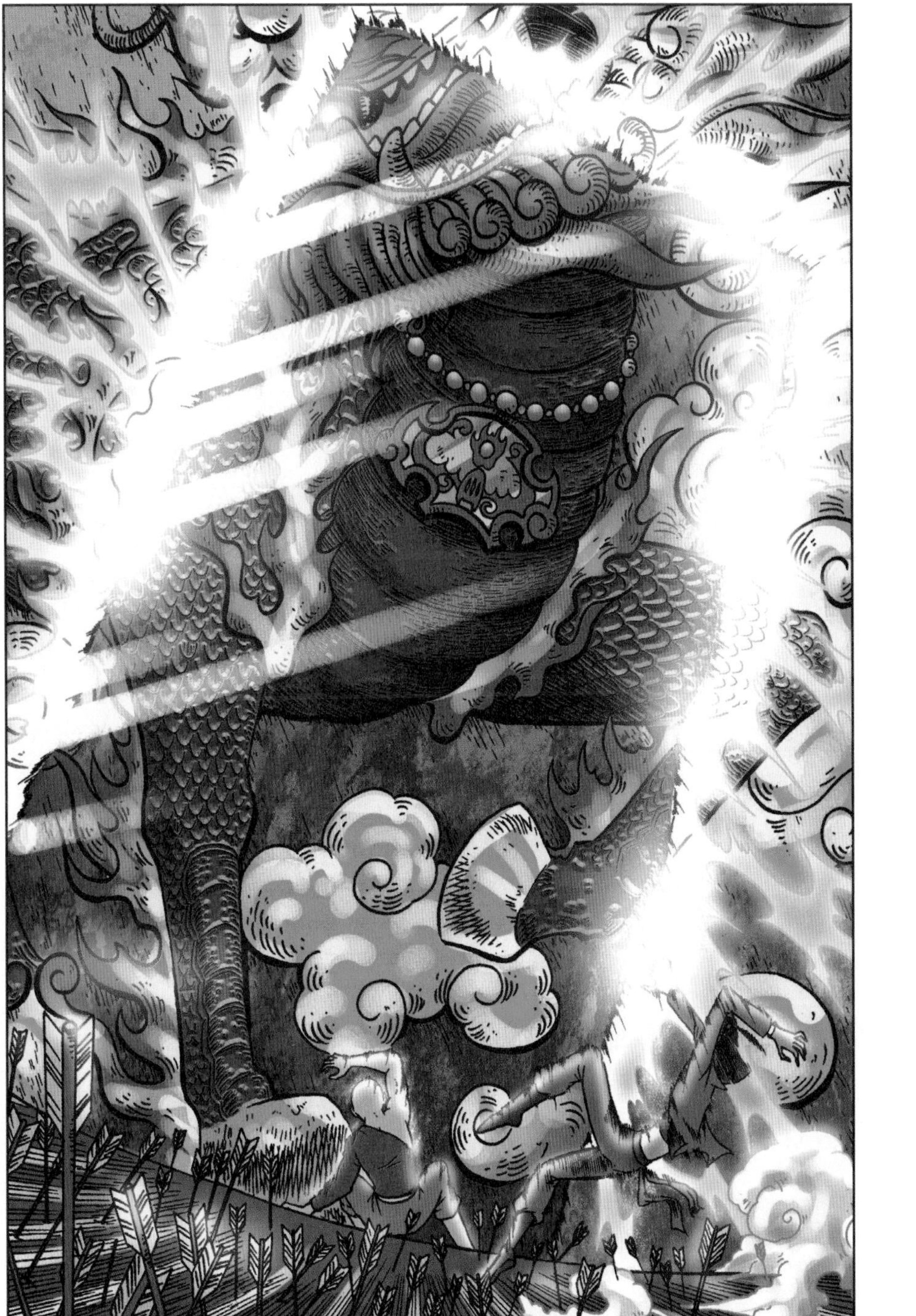

第139話
盒中驟變的骷髏頭
牆上血衣後面暗藏通往墓穴的階梯

啊！那個木盒子飛起來了！
GU-LO
GU-LO
GU-LO
裡面的骷髏頭在跳動！
喵！

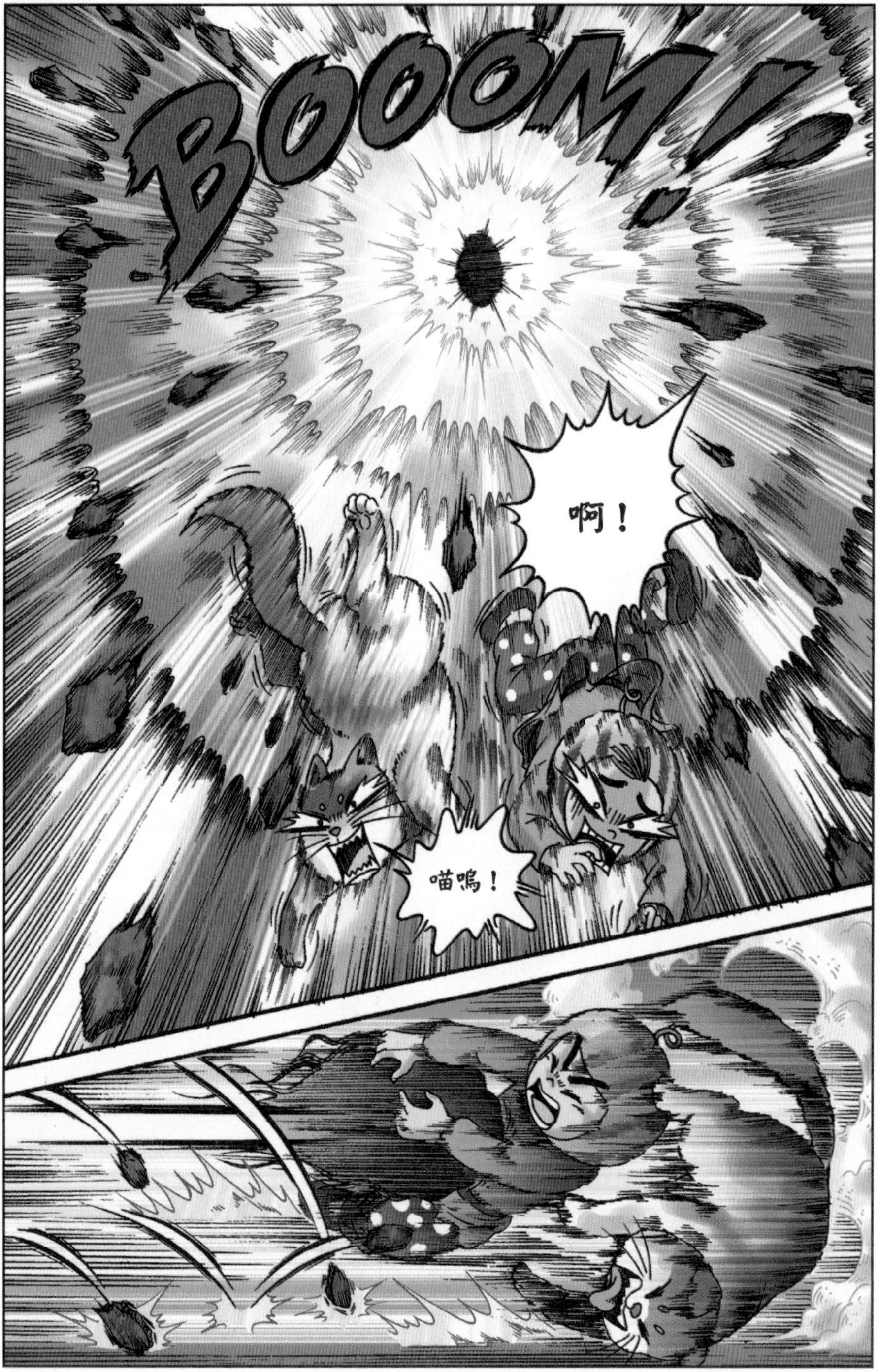
BOOOM!
啊！
喵嗚！

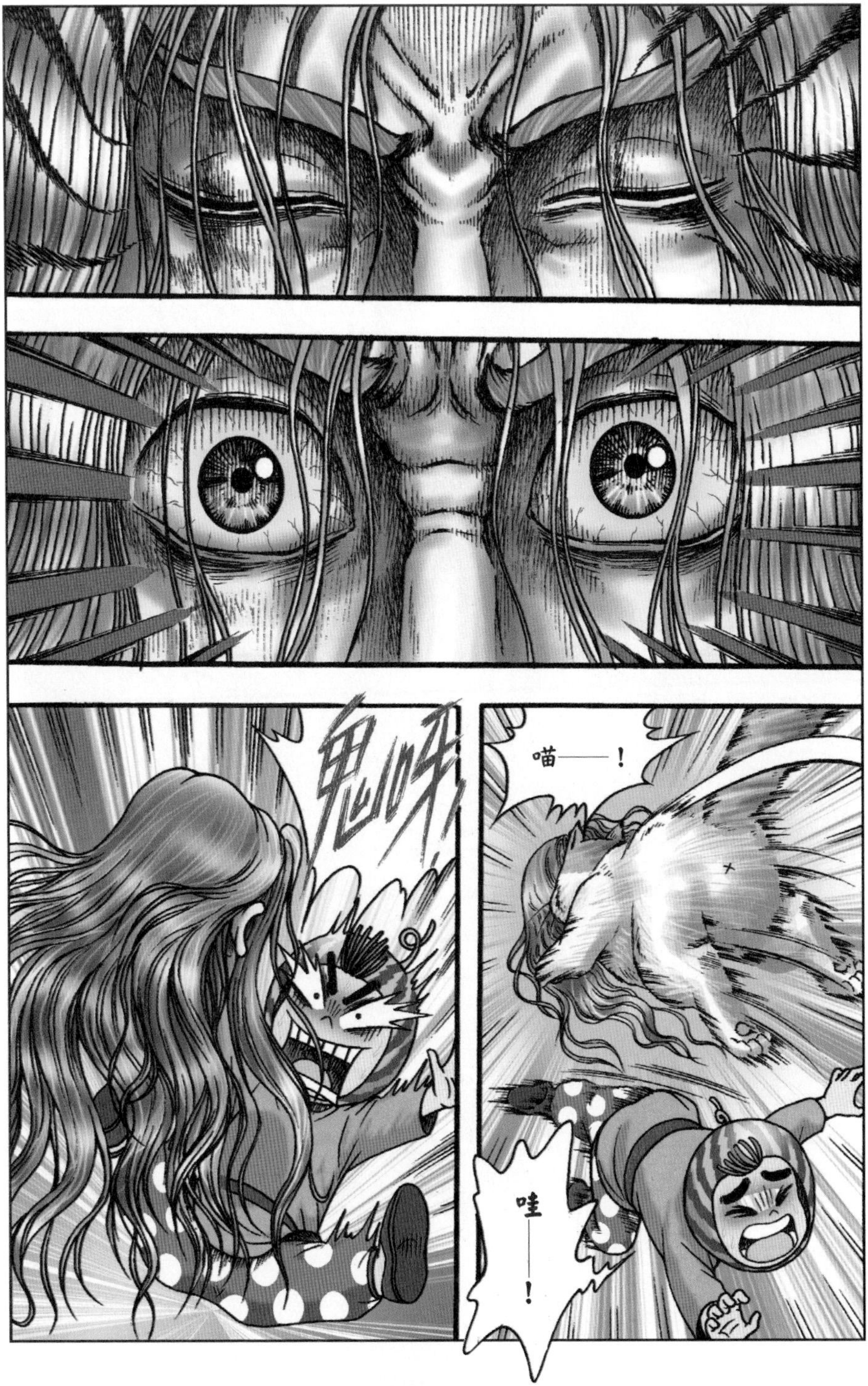
喵——！
哇——！

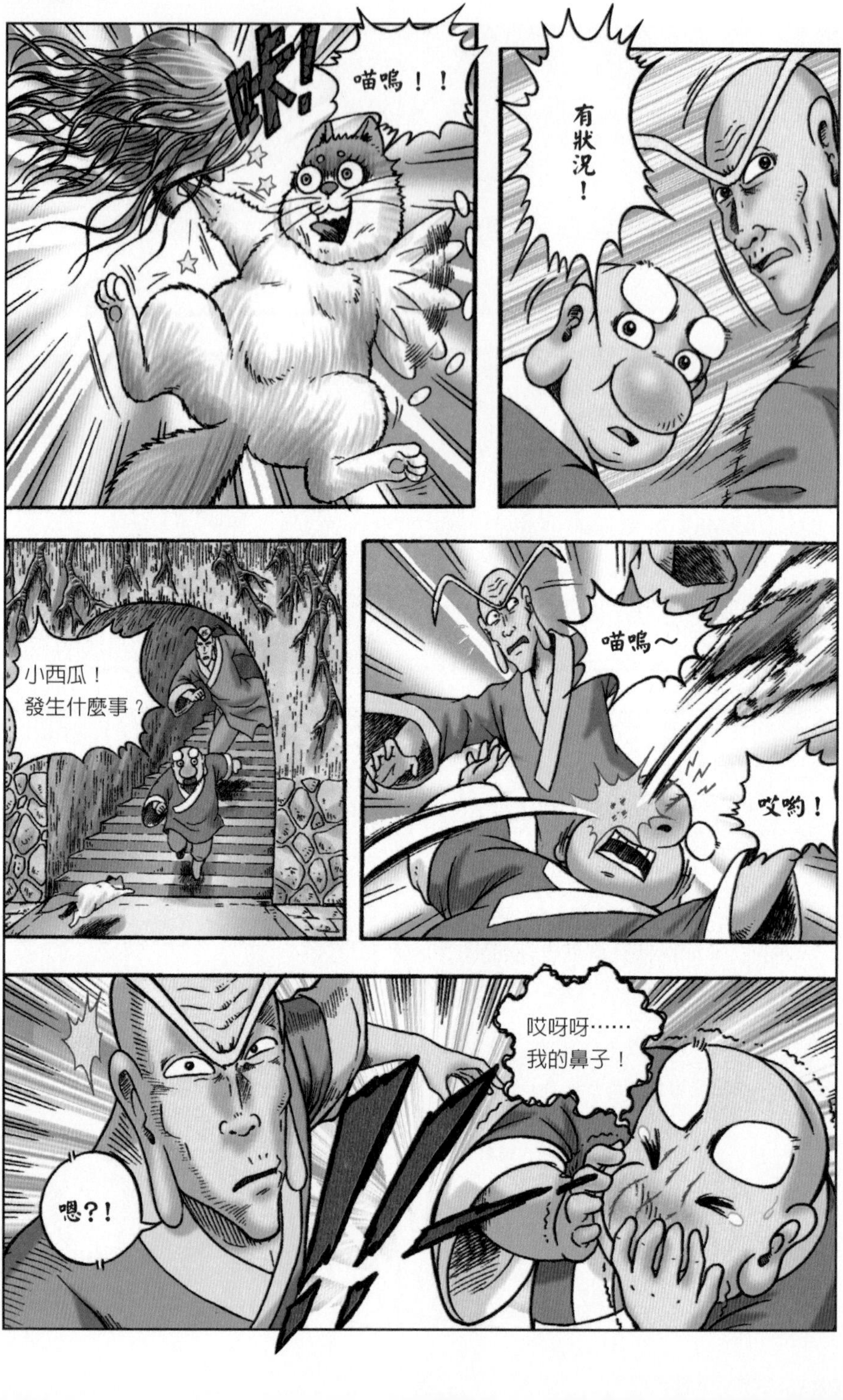
咔！
喵嗚！！
有狀況！
小西瓜！
發生什麼事？
喵嗚～
哎喲！
哎呀呀……
我的鼻子！
嗯？！

那是什麼鬼東西？
他就是原本擺在木盒裡的骷髏頭！

龐姬…
怎麼可能？難道他是……
鬼呀！
嗯！

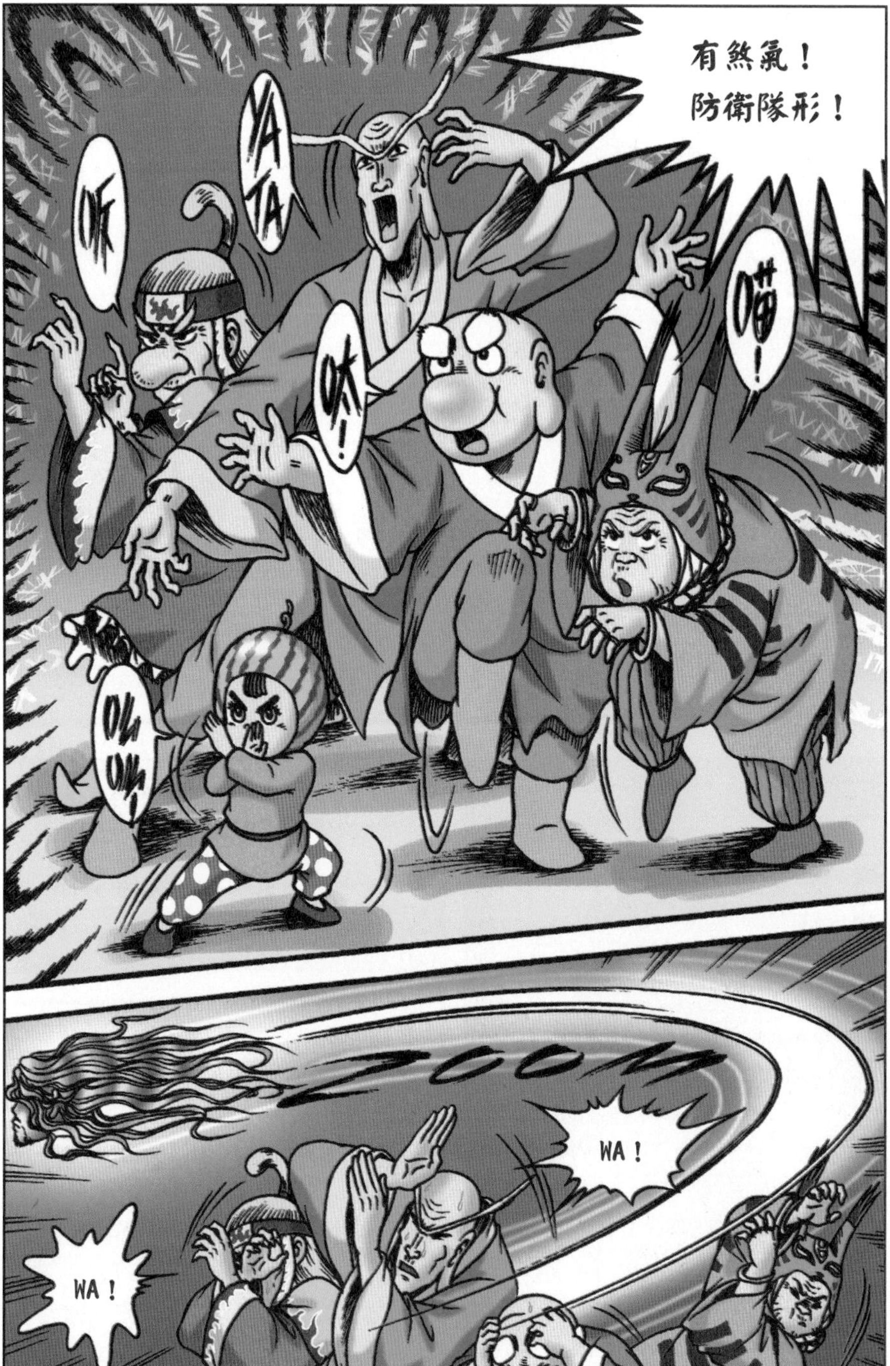
有煞氣！
防衛隊形！
听
YA TA TA
咻！
喵！
WA !
WA !

PON!
SOOM
他直接穿透
血書了！
後面竟然
是一條通
往地底的
階梯！
深不
見底
呀！
長眉！
我們感受到強
烈的活寶原力
出現了！
而且感
覺就在
附近！

剛才先是從血書後面射出一陣強光！
然後木盒子裡的頭骨就長出皮肉了！
是一股外來的力量讓沙克·壹恢復了人形！
力量就是從地底深處傳來的！
難道會是另一部分的活寶原力？
狀況愈來愈複雜，只有追下去才能發掘真相！

你身上的活寶原力全都被吸光啦！
沒想到「麒麟膽」竟然是開啓墓穴的鑰匙！
攪和半天，原來我只是個送貨的小弟啊！
墓穴裡面有人走出來了！
天哪！會是秦始皇嗎？我想向他要簽名照！

烏龍院阿亮
叩見大王！
哇！沒有頭的
秦始皇！！

吱

裡面有一間石室！
感覺到活寶的原力愈來愈強烈了！
啊！
那是……
北斗高台上放置著一具棺材！
那個怪頭飄在上面！

……
是誰喚醒了我？我的身體呢？
原來是沙克·壹的墓穴！
高台上面充滿著活寶的原力！
你們是誰？活寶在哪裡？

我就是被你害到分屍的活寶！
「右」別衝動！
把原力還給我！

他怎麼突然抽筋了……
媽呀！秦始皇發功啦！

那道紅光要把
沙克・壹的頭
吸走了呀！
「右」！
危險呀！
快閃開！
紅光是從後
面那條通道
射過來的！
什麼?!

YEA
那股力量超乎我的想像……
太強了！
貓奴姐！
嘿……嘿……嘿……嘿……嘿……嘿……

SOONA
他被紅色光芒吸走啦！
SAAAAA
抓住他！
PA！
啊！好強的力道！
哇！被硬拖出去啦！

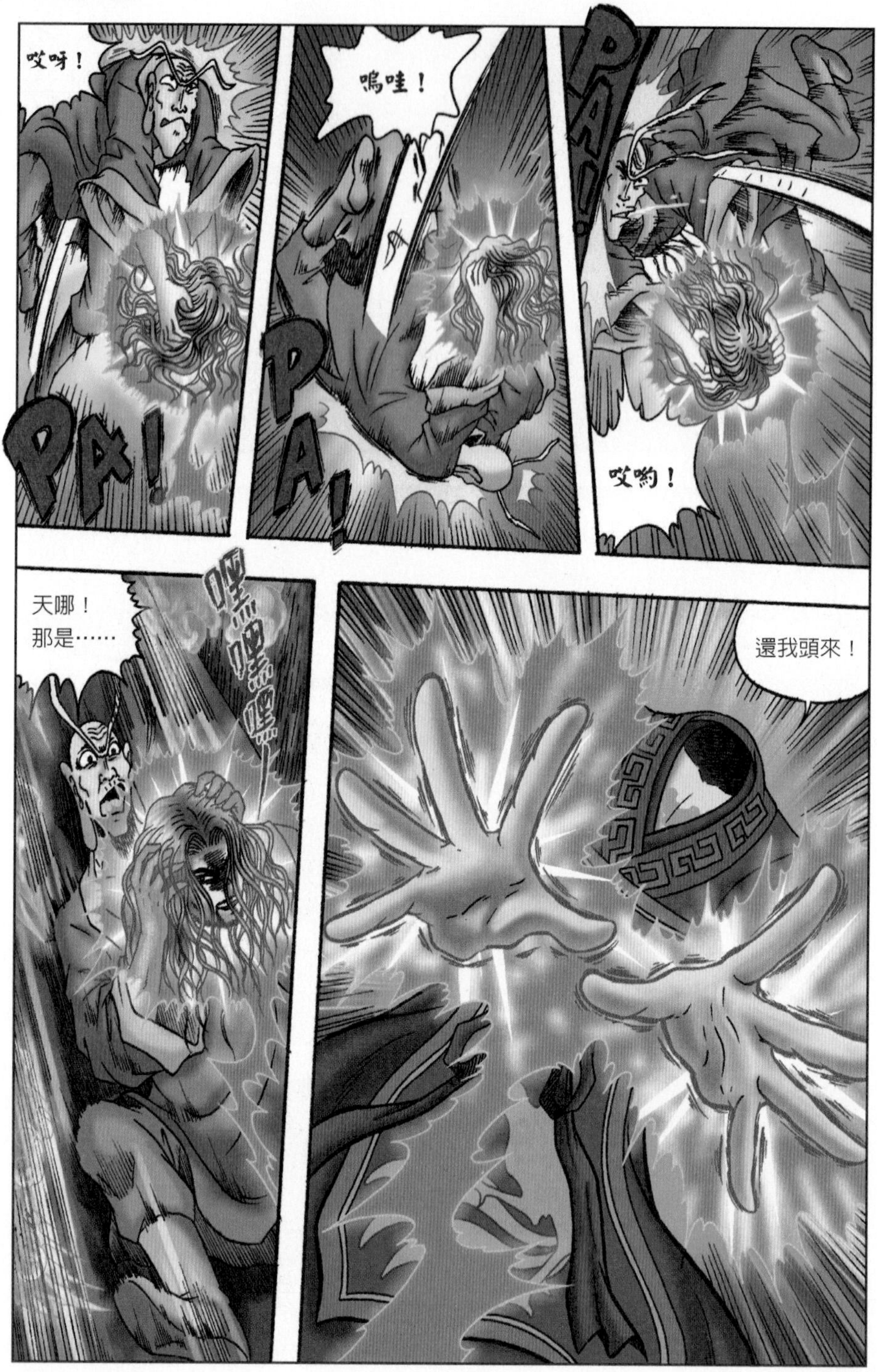
哎呀！
PA！
嗚哇！
PA！
PA！
哎喲！
天哪！
那是……
嘿嘿嘿嘿！
還我頭來！

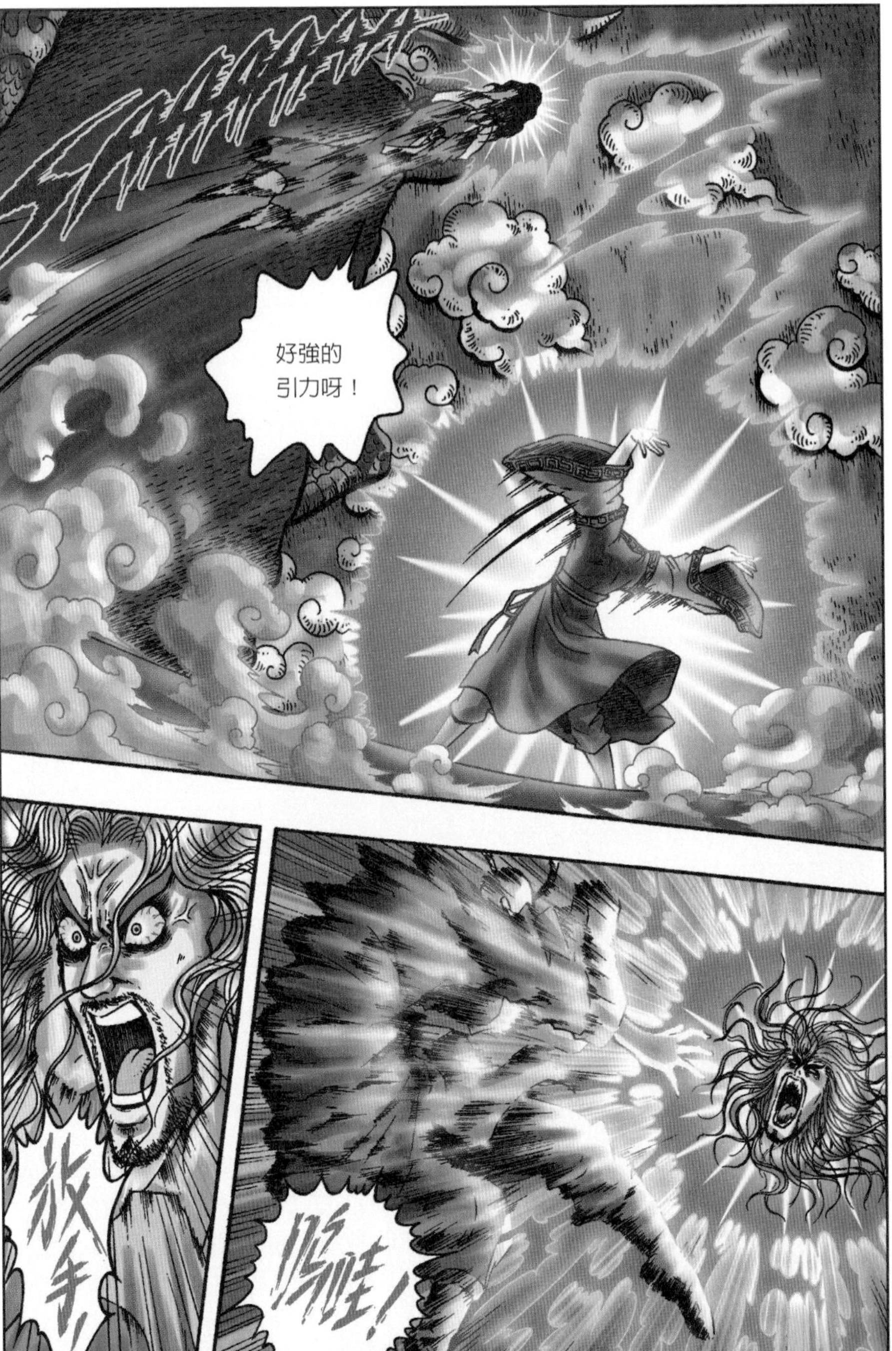
好強的
引力呀！
放手！
哇！

長眉！
哎喲！
嘿·嘿·嘿
糟了！
不能讓他合體！

第140話
沙克・壹復活大逆轉
召魂術讓已成白骨的竄者衝了過來

哇！
來不及了！
好刺眼！
啊！什麼光呀?！
超強的風呀……
快要站不住啦！
他要合體了！
FU

大～師～父～
你～沒～
死～
臭～小～子～
哥～哥～
弟～弟～
喵～喵～
吱～
婆～婆～
哇～哇～

PON! PON!
PON!!!
PON!
PON!
PON!

這個人不是秦始皇，他就是沙克．壹！
誰是沙克．壹？
你又是誰？
我們都以為這裡是秦始皇的陵墓！
誰知道那傢伙竟然吸走了提靈煉精的活寶原力！
糟了！
期待的力量終於降臨，這一天，讓我等太久了。

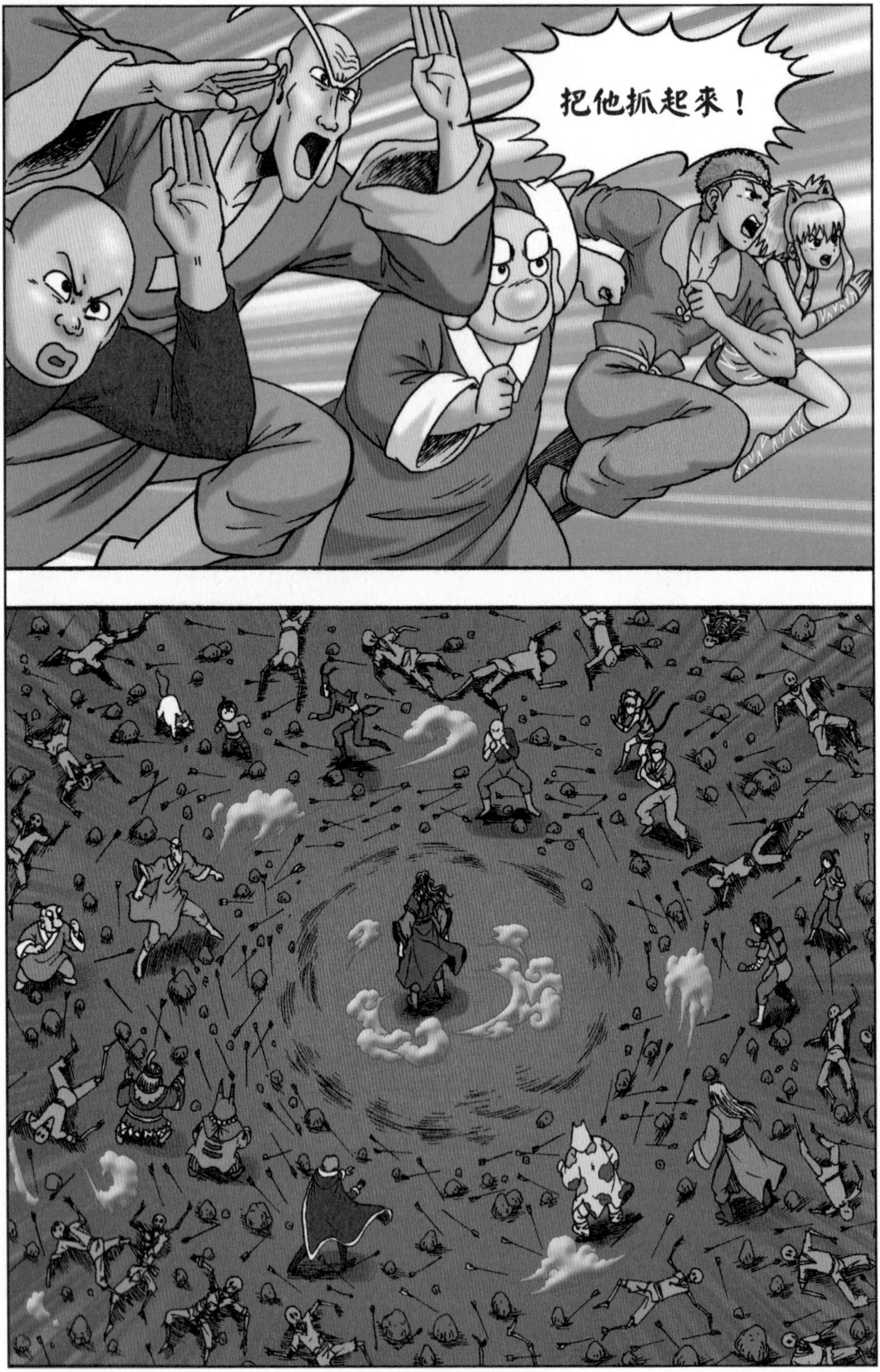
把他抓起來！

甦醒吧！深邃暗黑裡飄
浮的孤魂野鬼！你們的
王者來解放你們了！

天哪！
骷髏會動呀！
嘿嘿嘿……
竄者復活了！
那些是我死去的同伴……
他能操縱亡靈！
你看！原力的漩光已經變得混濁了！

僵屍！
我們被包圍啦！
唯有邪惡之靈才會讓活寶原力產生召魂術！
救命呀！

欺負小女生的色鬼！
哇嗟！
哇～
別激動！不用急著說謝謝。
我……我……我……
我是急著告訴你「小心背後！」
討厭鬼！

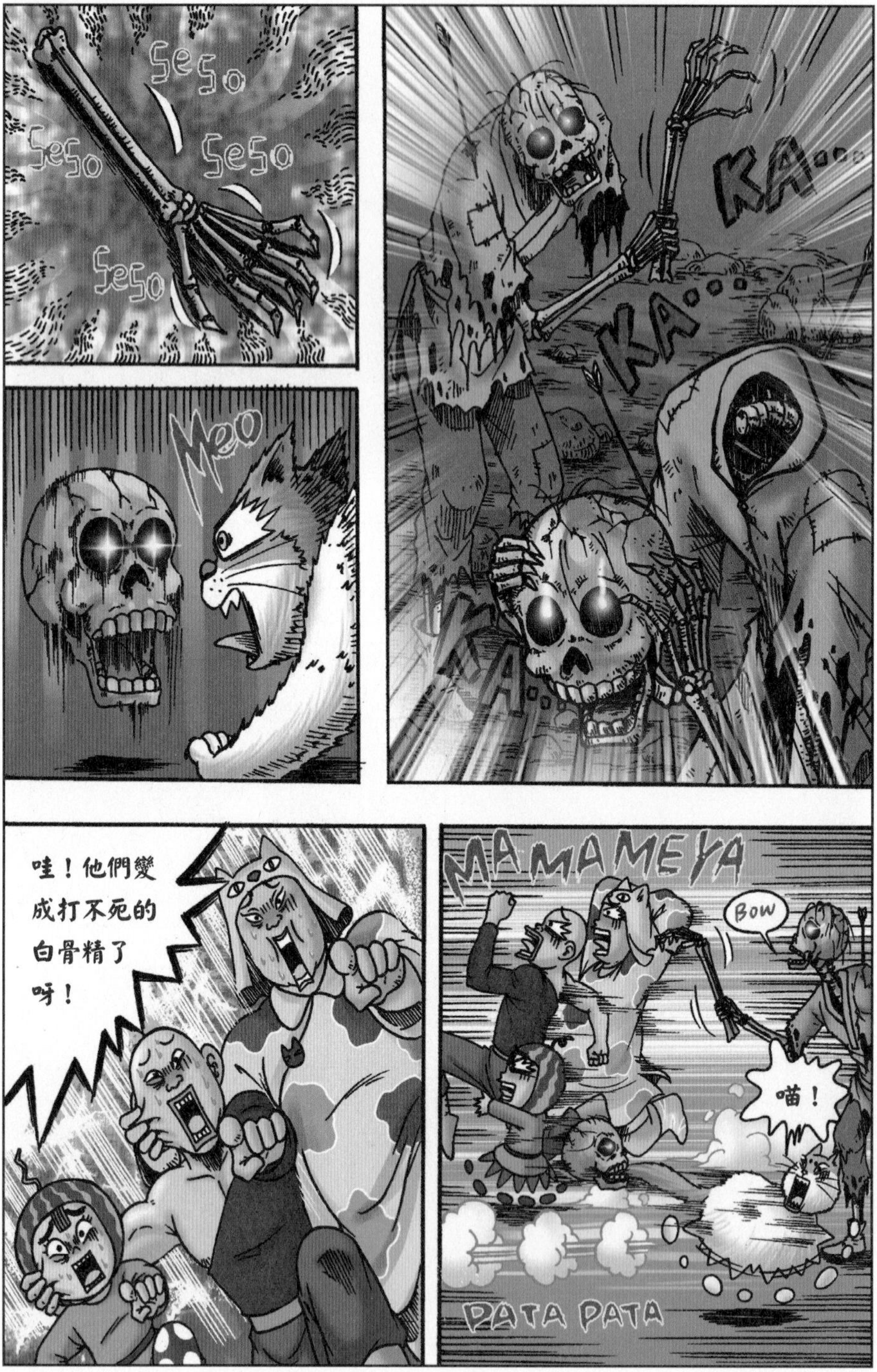
seso
seso
seso
seso
KA...
KA...
Meo
哇！他們變成打不死的白骨精了呀！
MAMAMEYA
BOW
喵！
PATA PATA

PA!
BON!
SA!
呼
啊！

長眉！他要偷襲貓奴了！
你快去攔截！
什麼？
烏龍神掌
危險！

SOOOOOM!
呃！
哼！

頂住！
PON!
KAAAA
他手掌透心涼，寒氣刺骨！
不妙，他體內流動的是陰陽乍變的活寶原力！
你們還知道什麼？快說！
怎麼辦？咱們不是他的對手！

BROK
擂骨肘！
飛毛腿！
SUCK
見鬼！怎麼沒完沒了！
KA
過肩摔
PUNCH
哎呀！兩位師父竟然被怪胎壓制了……

師父！弟子來救駕！
SOW!
嗯！
表叔！我是小五呀！
吱！
吱！
炸藥！

PON!
去你的表叔！
這時候了還在
認親戚？
啊！
哎！
哇！
表叔！
炸藥全
在這包
裡嗎？
是啊…
哼！我要去炸
爛那個妖怪！
不行呀！威
力太大了！
啵！
管不了那麼
多了，救師
父要緊！
這……
Siiiii

統統給我
滾開！
PA!
SOOM—
BO!
GU!
HA!
TE!
LI!
哎呀呀……
怎麼愈來愈
多呀！
我跳！

SHIT
!!
PA!
哎喲！
!
BON!

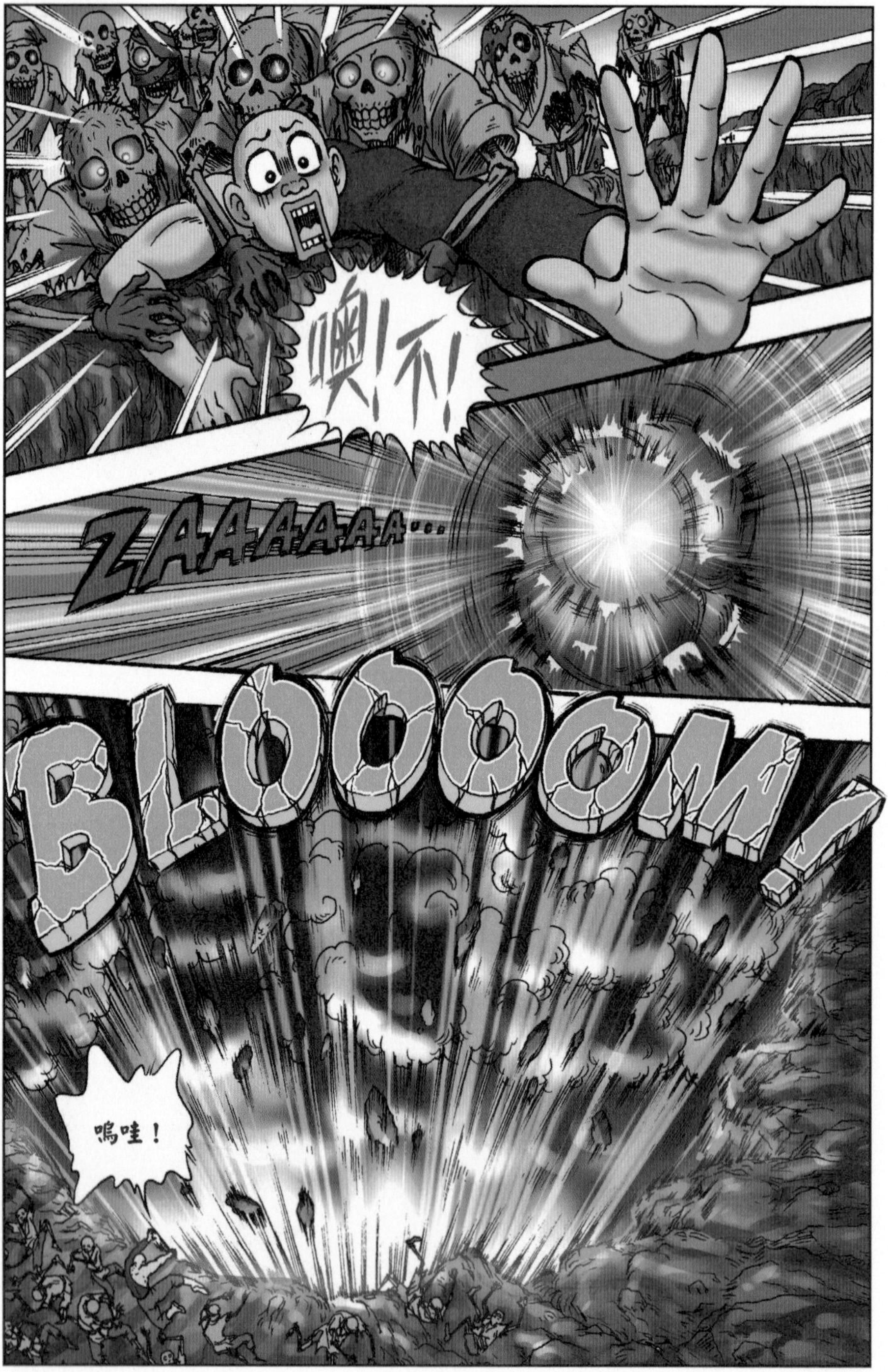
噢！不！
ZAAAAAA...
BLOOOOM！
嗚哇！

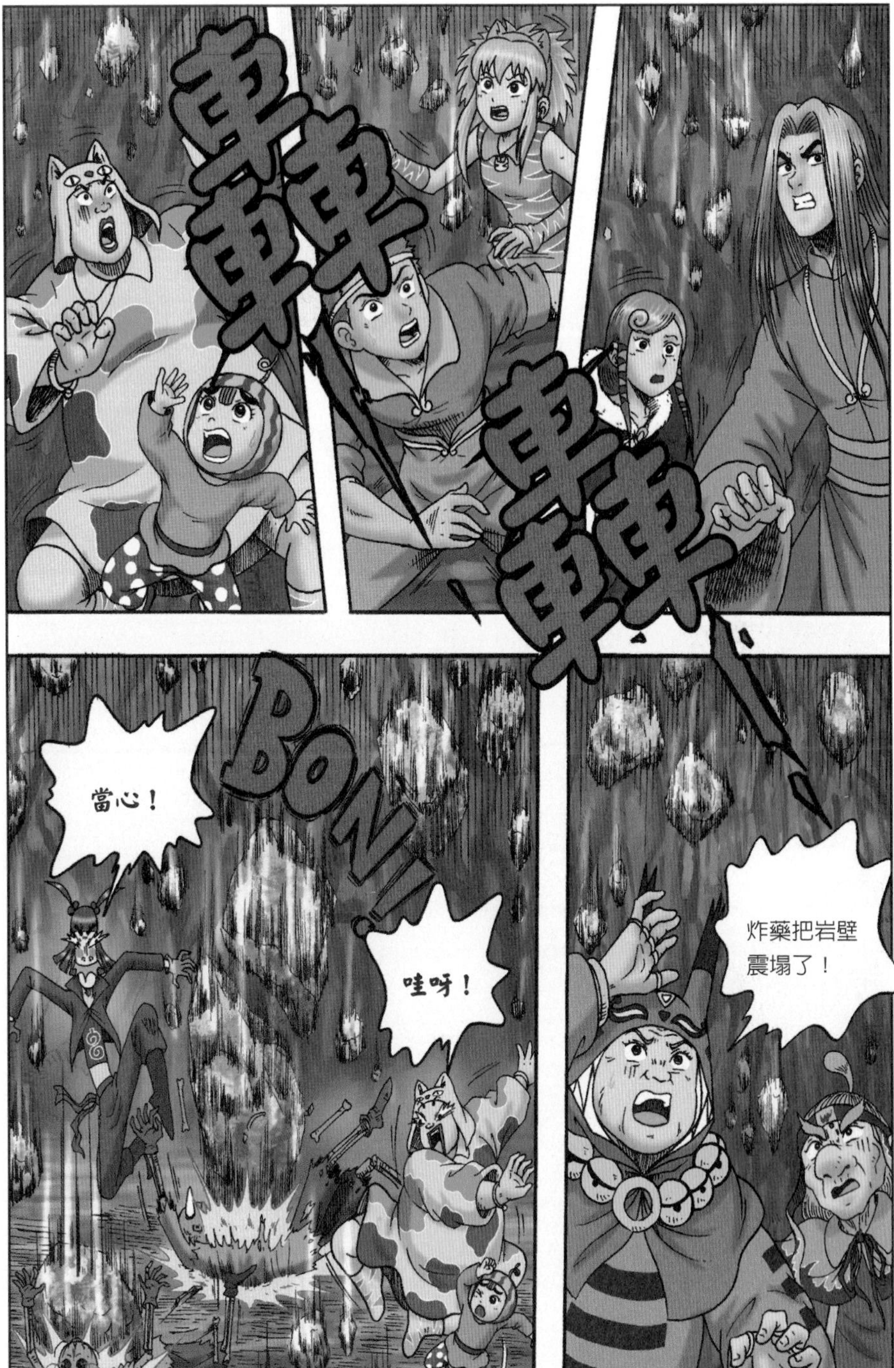
轟
轟
BON!!
當心！
哇呀！
炸藥把岩壁震塌了！

落石不斷，
這裡要垮了！
快撤！
!!
別逃了！這裡
就是你們的埋
骨之地了。

下集預告

地下河道裡的菌月嗅到活寶原力的驟變，吐絲將小師弟和蟲體結成一個巨大的繭，這會不會成為對抗邪惡之心的最後一張王牌？

沙克．壹拖著馬臉走向幽暗的坑道，這個剛復活的古代煉丹師的內心，究竟深沉到何種程度？而在狡黠如狐狸的馬臉慫恿下，這個重新擁有至強力量的大魔頭，又會走往怎樣的錯誤道路呢？

魔長道消，正義之士手中有何利器能與其爭鋒？會否一切只是雞蛋碰石頭，自尋死路呢？

「迎刃而解」這四個字呀！在此時此刻即使是寫一萬遍，也是叫天天不應……《活寶》劇情進入最後高潮，所有的謎團也即將水落石出，一集都不容錯過，敬請讀者熱烈期待！

「火麒麟」出現啦！

哇！原來麒麟是長這模樣呀！

頭像龍，身體像鹿，皮上有鱗片，蹄子像馬兒……

其實誰也沒真的見過「麒麟」，或許那只是傳說中的一種神物，根本沒有存在過，而是人們虛構出來的猛獸。我曾經仔細想過一件事，那就是「恐龍」這種曾經在地球上雄霸幾世紀的巨大動物，當初是誰第一次把牠們的形體畫出來的呢？

因為後面再畫恐龍的人，也都是依樣畫葫蘆地以之為參考了。

或許以後有人要畫「麒麟」的時候，也會拿出這本漫畫的這一頁來當範本呢！

從古墓裡爬出來復活的秦朝煉丹師沙克．壹，雙臂高揚、雷霆萬鈞的氣勢激起黑鴉鴉的瘴氣！凌亂的髮型像百萬條青蛇鑽動，更能襯托出如脫韁野馬般的奔騰之姿！彷彿可以聽到他的召喚：

「起來吧！孤魂野鬼！

王者來解放你們啦！」

設計這種畫面必須使用由下而上拍攝的仰角鏡頭，才能詮釋出高大威猛的霸氣，如果錯用了技巧，以由上而下的俯角鏡頭，那就太遜色了，因為看起來就像是他在祈求上天下點小雨的感覺。

「角度決定態度。」

嗯！這樣的形容是很貼切的。

時報漫畫叢書 FT845

活寶18

作　者—敖幼祥
主　編—何曼瑄
責任編輯—李振豪
美術設計—溫國群lucius.lucius@msa.hinet.net
執行企劃—鄭偉銘
董事長—趙政岷
總經理
總編輯—李采洪
出版者—時報文化出版企業股份有限公司
台北市10803和平西路三段二四〇號三F
客服專線—（〇二）二三〇四—七一〇三
（如果您對本書品質有任何不滿意的地方，請打這支電話）
郵撥—一九三四四七二四 時報文化出版公司
信箱—台北郵政七九～九九信箱
時報悅讀網—www.readingtimes.com.tw
時報愛讀者粉絲團—http://www.facebook.com/readingtimes.2
電子郵件信箱—newlife@readingtimes.com.tw
法律顧問—理律法律事務所 陳長文律師、李念祖律師
印　刷—華展印刷有限公司
初版一刷—二〇一一年四月十五日
初版二刷—二〇一七年三月十七日
定　價—新台幣二八〇元
（本書如有缺頁、破損、倒裝，請寄回更換）

時報文化出版公司成立於一九七五年，
並於一九九九年股票上櫃公開發行，於二〇〇八年脫離中時集團非屬旺中，
以「尊重智慧與創意的文化事業」爲信念。

ISBN 978-957-13-5362-3
Printed in Taiwan